변변찮은 마술강사와 8
추상일지 —메모리 레코드—

Memory records of bastard magic instructor

Memory records of bastard magic
instructor

CONTENTS

"오늘 촬영하느라 고생했어! 루미아!"
"너야말로."
어느 옷 가게에서 모델 아르바이트가 끝난
시스티나와 루미아가 옷을 갈아입는 중이다.
"그건 그렇고 너 아까 진짜 귀여웠던 거 알아?"
"너도 엄청 귀여웠는데?"
"그런가? 그래도 너만큼은 아닐걸? 글쎄 아주 그냥
확 잡아먹어 버리고 싶어질 정도였다니까?!"
"꺅! 시스티?!"
"에잇! 에잇! 요게~! 가슴도 큰 데다 피부도
탱탱하고, 네 몸은 역시 만질 맛이 난다니까~?"
"하응! 앙! 그, 그만……!"
장난으로 루미아를 덮쳐버린 시스티나와,

그 손길을 벗어나지 못하는 루미아,
그렇게 소녀들이 살짝 야한 장난을 치
철컥.
"기뻐해라, 요 녀석들아! 오늘 알바비
두둑하게 챙겨주겠다고…… 점장이
글렌이 들어왔다.
"……아,"
그대로 굳어버린 세 사람.
이때 글렌의 눈에는 그렇고 그런 관겨
시스티나와 루미아가 마침 그렇고 그
시작하려는 것으로밖에 보이지 않았
"미안! 그, 그래도 난 딱히 너희가 어
부정 안 해! 사랑에는 다양한 형태가

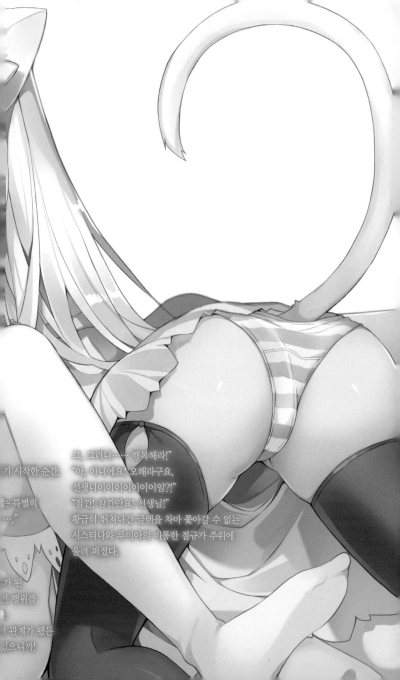

그, 그러니…… 행복해라!"
"아, 아니에요! 오해라구요,
선생니이이이이이이이임?!"
"잠깐! 잠깐만요! 선생님!"
황급히 뛰쳐나간 글렌을 차마 좇아갈 수 없는
시스티나와 루미아의 비통한 절규가 주위에
울려 퍼졌다.

기 시작한 순간,

는 특별히
……."

가 된
한 행위를
.
1 관계가 됐든
있으니까!

변변찮은 마술강사와 추상일지

—메모리 레코드—

Memory records of bastard magic instructor

히츠지 타로 지음
미시마 쿠로네 일러스트
최승원 옮김

다시, 언젠가 만나게 될 그날까지……

루미아 틴젤

Memory records
of
bastard
magic
instructor

세리카
아르포네아

알자노 제국 마술학원 교수.
외모는 젊어도 글렌을 길러준
부모이자 마술 스승이기도 한
수수께끼가 많은 여성. 글렌이
엮이면 팔불출이 된다.

리엘
레이포드

제국 궁정 마도사단 특무분실
소속. 루미아의 호위로
마술학원에 편입했지만
어째선지 글렌의 등만 쫓고 있다.

루미아
틴젤

청초하고 마음씨 고운 누구에
게나 사랑받는 인기인. 목숨을
걸고 자신을 구해준 글렌을
일편단심으로 사모하고 있다.
글렌과 시스티나가 싸울 때는
자주 중재 역할을 맡는다.

시스티나
피벨

「강사 킬러」라는 별명을 가진
고지식한 우등생. 글렌의 적당한
태도를 흘려 넘기지 못하고
매번 설교하는 모습은 이미
학원의 명물이 됐을 정도다.

Character

알베르트 프레이저

제국 궁정 마도사단 특무분실 소속. 글렌의 전 동료. 제국에서 손꼽히는 저격수이자. 전투에서 첩보에 이르기까지 수많은 임무를 완수해온 초일류 마도사.

글렌 레이더스

주인공. 알자노 제국 마술학원의 마술을 싫어하는 마술 강사. 만사에 무책임하고 의욕 제로. 마술사로서도 삼류라서 장점은 전혀 없는 셈. 그런 그의 진정한 모습은―?

만약 언젠가의 결혼 생활

The Married Life of Another Time

Memory records of bastard
magic instructor

흔들흔들. 흔들흔들.

몸에 느껴지는 기분 좋은 흔들림.

"……선생님, 일어나주세요. 선생님."

고막을 간질이는 소녀의 부드러운 목소리.

"……응?"

아늑한 잠의 바다에서 헤매는 의식을 천천히 끌어올린 글렌은 눈꺼풀을 살짝 들었다.

눈이 부시게 부드러운 아침 햇살.

뺨을 쓰다듬는 것은 창문에서 불어온 잔잔한 바람.

아직도 몽롱한 의식 속에서 글렌은 느릿하게 눈을 떴다.

아침 해의 역광 속에서 신기루처럼 흐릿했던 시야가 서서히 초점을 잡고 세상의 모습을 선명히 비추기 시작했다.

그리고 그 세상의 중심에는, 한 소녀가 있었다.

글렌이 자고 있던 침대 옆에 서서 햇살처럼 따스한 미소를 지은 채.

"일어나셨어요? 선생님."

햇빛에 찬란하게 빛나는 밀밭처럼 밝은 금발의 이 소녀는 루미아.

평소에 입는 교복 위에 앞치마를 걸친 그녀가 자신의 몸에 가볍게 손을 댄 채 얼굴을 가까이하고 있었다.

"⋯⋯응⋯⋯ 그래. 일어났어."

글렌이 이불을 치우고 느릿하게 상체를 일으키자 루미아
는 방긋 웃으며 입을 열었다.

"좋은 아침이에요, 선생님."

"으, 응. 그래⋯⋯."

"후훗, 아침 식사 준비가 거의 다 됐으니까 좀 있다 아래
층 식당으로 내려와주세요."

"⋯⋯으, 응."

그렇게 루미아는 글렌을 남긴 채 침실에서 퇴실했다.

글렌은 그 모습을 잠이 덜 깬 눈으로 지켜볼 수밖에 없었다.

잠에서 깬 글렌은 잠옷에서 셔츠와 바지로 갈아입고 평
소처럼 학교에 출근할 채비를 갖추었다.

그리고 화장실에서 세수를 하고 수염을 깎고 이를 닦은
후, 식당으로 향했다.

식당에 들어선 순간, 좋은 냄새가 코를 스쳤다.

"아, 선생님. 잘 오셨어요. 마침 식사 준비가 끝난 참이었
거든요."

"⋯⋯."

테이블 위에 차려진 것은 갓 구운 빵, 바삭하게 구운 베이
컨, 포슬포슬한 스크램블 에그, 치즈 샐러드, 어니언 수프.

그러자 공복을 자각한 글렌의 배가 꼬르륵 울렸다.

글렌과 루미아는 서로 마주 보는 자리에 앉아서 아침 식사를 들기 시작했다.

"어떠세요? 선생님. 입맛에 맞으세요?"

"응, 맛있네."

"그래요? 다행이다."

둘이서 식사를 하면서도 루미아는 바지런하게 글렌의 컵에 조금 전에 짠 오렌지 주스를 따라주거나 샐러드를 덜어주기도 했다.

이윽고 식사가 끝나자 학교로 출근할 시간이 되었다.

신발을 신고 가방을 든 글렌이 로브를 어깨에 걸치며 현관에서 나가려 한 순간.

"앗, 선생님. 잠시만요."

루미아가 빠른 걸음으로 바짝 다가왔다.

"후훗, 선생님도 참. 넥타이가 좀 삐뚤어졌잖아요. ……응, 이걸로 끝."

그리고 부드러운 손놀림으로 넥타이를 고쳐 매준 루미아는 서로의 숨이 닿을 정도로 가까운 거리에서 글렌을 올려다보았다.

"그럼 다녀오세요, 선생님."

"……으, 응."

"저는…… 사이를 좀 두고 등교할게요. 그게…… 지금 저희 관계가 알려지면 큰 소동이 일어날지도 모르니까요."

살짝 뺨을 붉힌 루미아는 부끄러운 듯 시선을 피했지만, 입가는 호선을 그리고 있었다.

"……그, 그래."

그것을 본 글렌은 뭔가를 얼버무리려는 것처럼 허둥지둥 밖으로 나왔다.

"……우째서 이런 일이?"

그리고 출근길 도중 남몰래 한숨을 내쉬었다.

사흘 전, 방과 후 하교 길.

"별일이 다 있네 진짜."

"……그, 그러게요."

어이없어 하는 글렌의 목소리에 루미아는 모호하게 대답했다.

"하얀 고양이가 갑작스럽게 제도에서 열린 학회에 참가. 리엘이 긴급 군사 업무로 소환. 세리카가 긴급 유적 조사 의뢰를 받고 출장…… 아무리 우연이라지만 이렇게 겹칠 수가 있는 건가?"

"시스티네 부모님도 일 때문에 여전히 집을 비우고 계셔서 지금 페지테에 있는 건 저랑 선생님뿐…… 왠지 좀 쓸쓸해졌네요."

"나, 난 딱히 아무렇지도 않거든?"

글렌이 통명스럽게 대답하자 루미아는 쿡 하고 웃음을 터트렸다.

"뭐, 생각보다 일찍 끝날 거라고 하니 다들 금방 돌아올 거예요. 그때까지만 좀 참아보죠, 선생님."

"으, 음. 그렇긴 한데, 그보다 절실한 문제가 있어서 말이지."

"절실한 문제요?"

"세리카가 없으면 집안일을 해줄 사람이 없어."

글렌은 지긋지긋하다는 듯 투덜거리며 어깨를 늘어트렸다.

"아니, 나도 할 줄 모르는 건 아닌데…… 역시 매일 하는 건 힘들거든. 특히 식사 쪽이. 난 평소엔 기본적으로 설거지 담당이니까."

"아, 역시 그러셨군요."

"후우~ 이럴 때마다 어째선지 도시락을 싸주던 하얀 고양이도 없고…… 외식으로 처리하기엔 돈이 없어. 내 허접한 마술 실력으로는 도우미 요정과 소환 계약도 맺을 수 없으니…… 세리카가 돌아오기 전까진 고생 좀 해야 할 것 같아."

글렌이 그렇게 한탄한 순간.

"저, 저기……!"

루미아가 뭔가를 제안하려다 황급히 입을 다물었다.

"응? 왜?"

"……."

서서히 빨라지는 심장 소리를 들으며 루미아는 자문했다.

'너, 너무 대담한 게 아닐까? 거기다 난 시스티의 마음을 알고 있고, 최근엔 리엘도 분명 선생님을…… 그런데 마침 둘이 없을 때 이러는 건 좀 치사하지 않아? 나중에 걔들 얼굴을 어떻게 보려고…… 하, 하지만…….'

그렇게 얼굴이 새빨개지며 갈팡질팡한 순간.

"후훗! 당신이 주위를 배려하느라 중요한 한 걸음을 내딛지 못한다는 건 다 알고 있답니다. 엘미아나."

갑자기 한 귀부인이 홀연히 눈앞에 나타났다.

그녀의 정체는—.

"어, 어어어, 어머니?!"

"여, 여왕 폐하?!"

놀랍게도 알자노 제국의 국가원수인 알리시아 7세였다.

"어어?! 우째서?! 대체 왜 폐하께서 이런 곳에?! 앗, 죄송합니다! 그, 그그그, 그동안 평안하셨나이까, 폐하! 오늘은 날씨가 참으로……!"

글렌은 황급히 한쪽 무릎을 꿇고 고개를 숙일 수밖에 없었다.

"고개를 들어주세요. 지금의 전 제국의 일반시민인 알리시아니까요."

"예. 오늘 폐하께선 페지테에 잠행을 나오신 겁니다."

어느새 알리시아의 곁에 그림자처럼 서 있는 소년— 제국 궁정 마도사단 특무분실의 집행관 넘버 5 《법황》 크리스토프가 조용히 입을 열었다.

"오랜만입니다, 선배."

"크리스토프?! 야, 인마! 이게 대체 어떻게 된 상황인데!"

"제가 폐하의 명을 받고 여기까지 모시고 온 겁니다."

"뭐어?!"

"왕궁은 제국군이 엄중히 경비하고 있지만…… 뭐, 제 결계술을 감당할 정도는 아니죠. 눈을 속이는 건 간단했습니다. 아하하, 지금쯤 에드와르도 경께서 거의 미쳐 날뛰고 계시겠네요."

"넌! 말려야지! 폐하를!"

"선배…… 지금 저한테 폐하의 명을 거역하라고 말씀하시는 건가요? 폐하의 뜻을 거스를 바에야 전 차라리 배를 가르고 죽는 쪽을 선택할 겁니다만."

"너는 진짜……!"

크리스토프는 여왕에 대한 충성심이 깊은 충신으로 유명하지만, 이렇듯 약간 도가 지나친 감이 있는 게 문제였다.

"아무튼, 엘미아나."

알리시아는 헛기침을 한 후 루미아를 돌아보았다.

"정말이지…… 당신은 대체 뭘 하고 있는 거죠?"

"예?"

"이런 찬스가 눈앞에…… 가 아니라! 으흠! 글렌이 집에서 혼자라 여러모로 불편해하고 있을 때, 왜 당신은 아무것도 하지 않는 건가요?"

"어? 어떻게 어머니가 선생님이 지금 집에 혼자 계신 걸 알고 계신 거예요?"

"그야 시스티나와 리엘, 세리카가 집을 비우도록 뒤에서 손을 쓴 게 바로 저…… 으흠! 흠!"

어째선지 알리시아는 헛기침을 연거푸 하면서 뒷말을 이었다.

"아무튼요. 이제 글렌은 이 제국의 영웅. 그런 이가 생활에 불편함을 느끼게 하는 건 제국 왕실의 수치랍니다. 그러니 엘미아나…… 한동안 당신이 같이 살면서 헌신적으로 그를 돌봐주는 건 어떨까요?"

"예?!"

"알았나요? 같이 살면서예요. 같이 살면서! 이건 알자노 제국 여왕으로서의 칙명입니다!"

"예에에에에에에?!"

얼굴이 새빨개져서 눈만 깜빡거리는 루미아와 대체 왜 그래야 하는지 이해할 수 없는 글렌은 그저 망연자실해 할 수밖에 없었다.

그리고 고요한 태풍 그 자체였던 알리시아는 루미아에게 슬쩍 귓속말을 건넸다.

"……이건 기회예요, 엘미아나."

"흐에?!"

"편지를 읽고 안 건데…… 당신, 글렌과의 관계에 조금도 진전이 없죠?"

"어, 어어어, 어머니?!"

"참고로 어느 시대건 남성은 기정사실에 약하기 마련이니…… 후후, 열심히 해보세요."

"그, 그그그, 그러니까! 그게 대체 무슨……!"

"그렇게 됐으니 뒷일은 맡길게요!"

일방적으로 자기 하고 싶은 말만 쏟아낸 알리시아는 바람처럼 떠나갔다.

"그럼 두 분, 좋은 시간 보내시길."

크리스토프도 우아하게 인사한 후 알리시아를 따라서 빠르게 사라졌다.

"……."

"……."

남겨진 둘은 한동안 알리시아와 크리스토프가 떠나간 방향을 멍하니 지켜볼 수밖에 없었다.

"으음, 저기…… 그렇게 됐으니…… 한동안 제가 선생님 댁에서 가사를 도와드릴게요."

"그, 그래. 폐하께서 직접 명령하신 일이니 어쩔 수 없지……."

"예. 폐하의 명령이라면 어쩔 수 없겠죠……."

하지만 곧 뭐라 정확히 형언할 수 없는, 새콤달콤하고도 어색한 분위기로 대화를 나누었다.

글렌과 루미아의 일시적인 동거 생활은 이렇게 막을 연 것이었다.

그리고 이래저래 해서 글렌과 루미아는 단둘이 보내는 첫 휴일을 맞이했다.

"저기, 그 뭐냐…… 미안."

맑게 갠 정오의 아르포네아 저택 앞뜰에서 루미아가 이불과 세탁물을 널고 있는 것을 보던 글렌은 미안한 목소리로 말했다.

"뭐가요?"

루미아는 글렌의 셔츠 주름을 펴면서 그를 돌아보았다.

오늘 학교가 쉬는 날인 그녀는 집안일을 하기 위해 캐주얼한 코르셋 드레스 위에 앞치마를 걸친 모습이었다. 그런데 이 앞치마가 기묘할 정도로 그녀를 어른스러워 보이게 했고 아무렇지 않은 뒷모습에서도 왠지 모를 선정적인 매력이 느껴지는 게 아닌가.

"아니, 그 뭐시냐. ……아무리 폐하의 명령이라지만, 너도 바쁠 텐데 나 때문에 이렇게 시간을 뺏어서 말야."

왠지 민망해진 글렌은 슬그머니 시선을 피하며 중얼거렸다.

"후훗, 혹시 그게 신경 쓰이셨던 거예요? 전 괜찮아요, 선생님."

루미아는 밝은 표정으로 대답했다.

"그야 저도 요즘 집에 저밖에 없어서…… 집안일을 전부 혼자 해야 했거든요."

피벨 저택에 소환된 가사 도우미 요정은 계약을 맺은 피벨 가문 혈통의 인간이 아니면 명령을 듣지 않는 존재이기 때문이다.

"그래서 한 사람 몫이 둘로 늘어나도 딱히 힘들 건 없답니다?"

"아니, 그래도 말이지. 부담은 확실히 늘어났을 텐데……."

"아니에요. 전 오히려 더 편해졌는걸요? 장보기나 설거지, 욕실 청소 같은 건 전부 선생님께서 해주셨잖아요?"

"그야 뭐…… 그런 건 딱히 기술이 필요한 일도 아니니까……."

"그래도 그런 일은 여자 혼자서 하기엔 좀 벅차거든요. 거기다 역시 혼자 지내는 건 외롭기도 하고, 집에 선생님처럼 믿음직한 분이 계시면 안심도 되고요."

루미아는 구김살 없이 방긋 웃었다.

"그러니 선생님은 아무것도 마음에 담아두지 말고 편히 지내주세요."

"그, 그래? 네가 그렇게까지 말한다면야…… 아무튼 고맙다."

"아뇨, 천만에요."

그리고 어째선지 기분이 좋아진 것 같은 얼굴로 셔츠 주름을 가볍게 당겨서 편 후 팡, 팡 하고 경쾌한 소리를 내면서 털었다.

그러다 갑자기 뭔가를 깨달은 듯 장난스러운 표정을 지으며 글렌을 돌아보았다.

"아, 그런데 선생님. 이렇게 같이 살고 있으니…… 왠지 저희들, 신혼부부 같지 않나요?"

"……에휴."

하지만 글렌은 딱히 동요하는 기색도 없이 머리를 긁적거리며 대답했다.

"거 참…… 루미아, 어른을 그런 식으로 놀리면 못써."

"후훗, 죄송해요. 선생님."

루미아는 살짝 혀를 내밀더니 다시 세탁물을 널기 시작했다.

"아~ 일하는데 계속 말 걸어서 미안하다. 나도 지금부터 내 방에서 작업 좀 하고 있을게. 내일 수업에 쓸 자료나 정리할까 해서……."

"아, 예. 그러세요. 나중에 제가 홍차라도 타갈게요. 혹시 무슨 볼일이 있으면 언제든지 불러 주시구요."

"응. 고맙다."

글렌은 그 말을 끝으로 떠나갔다.

"……"

그의 모습이 완전히 사라진 후에도 루미아는 한동안 묵묵히 작업을 진행했지만.

펄럭!

갑자기 손에 든 이불을 머리에 확 뒤집어쓰고 말았다.

이불에 가려진 그녀의 얼굴은 새빨갛게 달아올라 있었다.

'얘, 얘가 정말! 대체 무슨 소리를 하는 거니?! 나, 나랑 선생님이 시, 신혼부부 같다니!'

심장이 쿵쿵 뛰었고 어질어질한 머리는 당장에라도 수증기를 내뿜을 것만 같았다.

'이러면 안 돼, 루미아! 들뜨면 안 된다구! 이건 어머니의…… 폐하의 칙명…… 나에게 내려주신 중대한 임무잖아! 그런데 이렇게 들떠 있으면 어떡해! 좀 더 정신 챙기고 임무를 수행해야지!'

루미아는 심호흡을 하며 달뜬 가슴을 달래려 했지만, 소용없었다.

왜냐하면 이 모든 게 결국 글렌을 위한 일이라는 것을 의식하면 의식할수록 어머니 알리시아가 떠나기 전에 남긴 귓속말이 머릿속을 하염없이 맴돌았기 때문이다.

─당신, 글렌과의 관계에 조금도 진전이 없죠?

─참고로 어느 시대건 남성은 기정사실에 약하기 마련이니…… 후후, 열심히 해보세요.

"어머니도 참……."

생각해보면 그 한마디 한마디가 전부 어마어마한 폭탄이었다.

"으, 으음. 뭐, 기정사실 운운하신 건 제쳐두고……."

얼굴의 열기가 어느 정도 식은 것을 느낀 루미아는 조심스럽게 이불 아래에서 고개를 내밀었다.

"내가 선생님과의 거리를 좀처럼 좁히지 못하고 있다는 건…… 사실인걸."

그리고 한숨을 내쉬었다.

그렇다. 그것이 요즘 그녀가 안고 있는 고민이었다.

그래선지 어머니와 몰래 주고받는 편지에 자기도 모르게 그 고민이 드러난 모양이었다.

그렇다면 이 사태를 초래한 건 결국 그녀 본인의 책임…… 이라고도 볼 수 있지 않을까.

그리고 왜 자신은 글렌과의 관계를 좁히지 못한 것일까.

그건 시스티나와 리엘의 존재 때문이라기보다는 오히려…….

"결국 선생님에게 난 아직 학생…… 어린애란 거겠지."

즉, 아직 연애라는 무대에 올라서지도 못한 상태라는 뜻이다.

얼마 전에 학교에 부임한 이브에게 위기감을 느낀 것도 그런 연유에서였다.

이러니저러니 해도 그녀는 글렌과 잘 어울리는 성인 여성이었기에.

"……계속 이대로 있을 수는 없어. 선생님께 어린애로만 보여선 안 돼."

그렇다면 어떻게 해야 좋을까?

"조금 발돋움을 해서…… 단둘이 지내는 지금만이라도 선생님의 신부 역할을 제대로 완수해내는 거야. 어쩌면 선생님도 날 여자로 봐주시게 될지도 모르니까. ……응, 열심히 해볼게요. 어머니."

모처럼 어머니가 만들어주신 기회다.

루미아는 글렌이 이제 자신을 한 명의 여자로 볼 수 있도록 노력해보자고 조용히 결심했다.

"후우~ 내일부터 할 수업 준비도 겨우 끝났군. ……나도 참 의외로 성실하게 교사 생활을 하고 있단 말이지."

작업을 마친 글렌은 방에서 나와 계단을 통해 아래층으로 내려가고 있었다.

어느새 밖은 저녁때였다.

"슬슬 배가 고픈데…… 응?"

공복감을 느끼던 그는 갑자기 아래층에서 나는 고소한 냄새를 맡고 코를 움찔거렸다.

"뭐, 뭐지? 이 맛있는 냄새는…… 주방 쪽인가?"

냄새에 이끌려 주방으로 다가선 순간.

"……!"

"음~♪"

거기에는 조리대 앞에서 콧노래를 부르며 요리하는 루미아가 있었다.

옆에 있는 조리용 스토브에서 붉게 타오르는 석탄 위에는 큰 냄비가 부글부글 끓고 있었다.

그리고 조리대에서 재료를 잘게 썬 그녀는 식칼의 옆면에 그것들을 담더니 조심스럽게 냄비 안으로 투하했다.

"……."

글렌은 무심코 숨을 삼켰다.

조리대 앞에 선 루미아의 옆얼굴에 시선이 고정되었다.

어째서일까. 성적인 매력을 주장하는 요소는 전혀 없을 텐데도 앞치마를 걸치고 진지하게 요리에 몰두하는 그 모습에서는 왠지 모를 색향이 감돌았고, 평소보다 어른스럽게 보였다.

"아, 선생님? 일 다 끝나셨어요?"

그러자 마침 글렌이 온 것을 눈치챈 루미아가 돌아보면서 밝게 웃었다.

"……으, 응."

어째선지 가슴이 두방망이질 쳤다.

"오늘 저녁은 스튜예요. 아직 요리하는 중이라…… 죄송하지만, 조금만 더 기다려주시면 안 될까요?"

"아니, 난 딱히 상관없는데…… 으음~."

"혹시 제 얼굴에 뭐 묻었나요?"

"아니, 그게. 요즘 내가 퇴근이 늦다 보니 네가 이렇게 요리하는 모습은 처음 봤다만…… 왠지 엄청 익숙하다 싶어서. 여자는 다들 그런 건가?"

"음~ 글쎄요? 다른 애들이 어떤지는 모르겠지만…… 전많이 연습했거든요."

"연습?"

"기억 안 나세요? 선생님. 전에 제가 도시락을 만들어드렸을 때 설탕을 소금으로 착각해서……."

"아, 그러고 보니. 그 미트파이는 무척 참신한 맛이었지."

글렌과 루미아는 동시에 쓴웃음을 지었다.

"전 그 후로도 계속 꾸준히 요리 연습을 했거든요."

"그건 대단한걸. 그렇군. 노력의 결실이었다는 건가."

"역시 저도 여자니까…… 언젠가 이런 기술이 필요할 날이 올지도…… 모르니까요."

"……."

글렌은 잠깐 입을 다물었다.

"……하긴 그렇겠군."

하지만 곧 머리를 벅벅 헤집으면서 투덜댔다.

"크아~! 미인에 마음씨도 곱고, 상냥하고, 부지런한 데다요리까지 할 줄 안다니…… 장래에 널 데려갈 놈이 부럽구만. 너무 부러워서 한 대 패주고 싶을 정도야."

"후훗, 선생님도 참. 그러다 본인을 때리게 되면 어쩌시려 구요."

"……그, 그게 무슨 뜻?"

"후훗, 글쎄요? 과연 무슨 뜻일까요?"

의미심장한 발언을 한 루미아는 장난스럽게 웃더니 다시 조리대 쪽을 돌아보았다.

스토브 위에서 끓고 있는 냄비 안을 국자로 휘저으며 소금, 후추를 비롯한 각종 향신료를 손끝으로 조금씩 집어넣자 향기가 한층 더 진해졌다.

"바, 방해하면 안 되겠지……."

뭐라 형언할 수 없이 어색한 느낌이 든 글렌은 등을 돌리고 빠르게 걸어갔다.

"나, 난 욕실 청소 좀 하고 오마."

"예~ 부탁드릴게요."

글렌이 나가고 그의 기척이 완전히 멀어진 것을 느낀 루미아는 무심코 주먹을 꽉 쥐었다.

"후훗. 선생님, 놀라셨지? ……좋았어."

사실 이 전개는 루미아의 작전이었다.

글렌에게 요리를 하는 자신의 모습을 보여주기 위해 배가 고픈 그를 이쪽으로 오게 하려고 일부러 향이 강한 음식인 스튜를 선택한 것이다.

"으~음, 좀 치사한가? 그래도……."

이걸로 나를 조금은 여자로 인식해주셨을까?

만약 그렇다면 지금까지 쌓은 요리 기술을 총동원하고 솜씨를 부려서 만든 보람이 있었다.

"으응, 아직이야. 루미아. 아직 방심하면 안 돼. 이제 정말로 맛있는 스튜를 완성해서 선생님을 더 놀라게 해드리는 거야. 그럼 선생님도 조금은 의식해주실 테니까. 장래에 자기 옆에 내가 있는 일상을…… 좋아!"

루미아는 주먹을 불끈 쥐고 다시 기합을 넣어서 들뜬 기분을 떨쳐냈다.

아무튼 스튜의 완성은 지금부터가 중요했기에.

끓이는 시간, 거품 걷어내기, 간 보기 같은 부분에서 실수가 있으면 금방 맛의 균형을 잃고 만다.

"자, 힘내보자."

그렇게 혼잣말을 한 루미아는 다시 요리에 집중하기로 했다.

"그건 그렇고 저 녀석…… 왠지 이상하게 기합이 들어갔는 걸."

한편, 그 무렵 욕실로 가는 글렌은 복도를 걸으며 중얼거렸다.

솔직히 루미아가 온 뒤로 이렇게 어색하고 민망한 기분이 들 때가 종종 있었기 때문이다.

"후우~ 나 원 참. 아니, 그렇다고 해서 싫다는 건 아니고 오히려…… 그래도 말이지? 으음……."

그렇게 멍하니 지금 그가 느끼는 답답함의 정체를 고찰하려 한 순간.

캉, 캉, 캉.

저택의 문고리를 울리는 소리가 들렸다.

"……응? 손님인가? 누구지? 귀찮게시리……."

하지만 무시할 수도 없는 노릇이다.

글렌은 한숨을 내쉬며 현관으로 가 문을 열었다.

철컥.

"저기, 누구……."

"……."

"이, 이브으으으으으으?!"

놀랍게도 손님의 정체는 이브였다.

사복으로 타이트한 치마와 블라우스를 차려입은 그녀가 어째선지 새치름한 표정으로 문 앞에 서 있었다.

"네, 네가 왜 여길?!"

"실례할게."

이브가 경악한 글렌을 밀치고 저택 안으로 들어왔다.

어째선지 품에는 큰 종이봉투를 들고 있었는데, 그 안에는 감자, 토마토, 베이컨, 당근, 통조림 같은 각종 식재료가 담겨 있었다.

"뭐, 뭐야! 연락도 없이 이렇게 갑자기 쳐들어오다니⋯⋯!"

솔직히 지금 집 안에 들여보내고 싶지는 않았다.

루미아가 있기 때문이다. 학생과 동거하는 것을 들켰다간 사회적으로 매장당할 게 불 보듯 뻔하니까.

하지만 이어진 말은 글렌을 절망에 빠트리기에 충분했다.

"아르포네아 교수님이 집을 비운 지 열흘⋯⋯ 어차피 그동안 제대로 된 식사도 못 했겠지? 얼빠진 당신이라면 분명."

"⋯⋯뭐?"

"그러니 오늘 같은 휴일에 시간 내서 만들어주러 온 거야. ⋯⋯내가."

"뭐어어어어어어어어어어어어어어어어어어?!"

글렌은 경악할 수밖에 없었다.

"미리 말해두겠는데, 착각하지 마. 당신은 2반 담임이고, 난 사실상 부담임 같은 위치니까. 당신이 쓰러지기라도 하면 나한테 일이 떠넘겨질 테니 그걸 방지하려는 것뿐이야."

이브는 새침하게 시선을 피했다.

"자, 빨리 주방으로 안내나 해."

'어, 어, 어떡하지?! 지금 주방에는 루미아가 있는데! 만약 들키기라도 하면⋯⋯!'

"이쪽이야?"

이브는 글렌의 속도 모르고 저택 안쪽을 향해 성큼성큼

걸어갔다.

"아, 아차!"

이제 들키는 건 피할 수 없다고 깨달은 글렌은 최후의 발버둥으로 크게 외쳤다.

"이, 이브! 주방은 그쪽이 아니야아아아아아아아아아아!"

"윽?!"

목소리가 온 저택에 쩌렁쩌렁하게 울려 퍼졌다.

"갑자기 뭐야! 그렇게 큰 소리로 말하지 않아도 들리거든?!"

"아, 미, 미안……."

하지만 사실 이건 이브에게 한 말이 아니었다.

'아, 아마 들렸겠지? 루미아 녀석, 어디 잘 숨어줬으면 좋겠는데…….'

글렌은 마음속으로 기도하면서 멋대로 휙휙 앞서가는 이브의 뒤를 좇았다.

머리가 좋고 눈치도 빠른 루미아는 역시 기대를 배신하지 않았다.

이미 주방에는 그녀의 모습뿐만 아니라 스튜를 끓이던 냄비까지 어디론가 사라져 있었다.

하지만 역시 시간이 부족했는지 조리대 위에는 썰다 만 채소가 남아 있는 데다 조리용 스토브도 아직 불이 꺼지지 않았지만, 이건 그녀를 탓할 수 없었다.

그렇다면 직접 얼버무릴 수밖에.

"뭐야. 당신, 혹시 직접 요리하려고 했던 거야?"

"마, 마마마, 맞아!"

"흥. ……그래도 어차피 대단한 요리는 무리겠지? 당신 실력이라면."

"그, 그렇지! 그런데 따지고 보면 네 요리 실력도 엉망 아니던가?"

"아니거든? 난 항상 맛에 변화를 주려고 하다가 실패하는 것뿐. 레시피대로 만들면 문제없을걸?"

"정말이지?!"

"응, 정말로. 그야 내가 어렸을 때 언니한테 요리를 만들어주면 늘 울면서 기뻐했는걸."

"난 언니분께서 눈물을 흘리신 이유가 알고 싶다만?!"

"뭔 소리래. 뭐, 아무튼. 바로 시작할 거니까 좀 비켜 봐. 거기 서 있으면 위험하다구."

"이, 이브 씨?! 식칼은 그렇게 검처럼 양손으로 쥐는 게 아니거든요?! 아니, 잠깐만. 이 기묘한 물체X는 또 뭔데!"

글렌은 새파랗게 질린 얼굴로 조리대 위에 올려둔 종이봉투 안에서 모습을 드러낸, 무어라 형언하기 어려운 무언가를 가리키며 외쳤다.

"야채?! 아니면 고기?! 뭔지는 잘 모르겠는데, 진짜 먹어도 되는 거 맞아?!"

"완전히 레시피대로 만드는 건 시시하잖아? 그래서 역시 맛에 변화를 줘 보려고……."

"그만둬어어어어어어!"

이렇게 해서 이브의 요리가 시작되었다.

그리고—.

쿵!

"완성했어."

식탁 앞에 위축된 분위기로 얌전히 앉아 있던 글렌 앞에 기묘한 암흑물질이 등장했다.

"……으음, 옳거니. 이건 오징어 먹물 스파게티? 인가? 호오, 꽤 세련된 요리를……"

"응? 토마토 리소토인데?"

"……."

글렌은 굳어버릴 수밖에 없었다.

"자세히 보니까 이거, 뭔가 좀 꿈틀거리고 있지 않습까?"

"기분 탓이겠지. 자, 어서 먹어."

"뭐시라?!"

"한 입 정돈 먹고 감상을 말해주면 어디 덧나? ……모처럼 만들어준 건데."

이브는 토라진 듯 시선을 돌렸다.

"……."

글렌은 말 없이 앞에 있는 암흑물질을 내려다보았다.

아무리 아니꼬운 상대가 만든 요리라지만, 전혀 손도 대지 않는 건 확실히 실례다.

어쩔 수 없이 각오를 다진 글렌은 숟가락을 들고 그 토마토 리소토(?)를 떨리는 손으로 퍼서 입가로 가져갔다.

그리고 다음 순간.

"~~~~~~~~~~~~~~~~~~~~~~~~~~~~~?!"

정수리부터 발끝까지 고압 전류가 흐르는 것 같은 감각, 혀가 폭발하는 것 같은 충격, 지근거리에서 말뚝을 직접 위에 쑤셔 박은 것 같은 격통이 글렌의 몸을 엄습했다.

그리고 거친 파도처럼 밀려오는 구토감.

……이건 이미 맛이 있고 없고의 문제가 아니었다.

'병기?!'

"……그 반응을 보고 만족했어."

입가를 손으로 누른 채 떨면서 눈물을 폭포수처럼 흘리는 글렌을 본 이브는 작게 웃으며 자리에서 일어났다.

"우리 언니도 항상 당신처럼 울면서 기뻐했거든. ……왠지 그립네."

"~~~~?!"

아니다.

절대로 그럴 리가 없다.

그렇게 현실을 직면하게 해주고 싶었지만, 도무지 말이 나오지 않았다.

"······난 그만 갈게."

그리고 이브는 등을 돌려 걸어가기 시작했다.

"일단 대량으로 만들어 뒀으니 당분간 괜찮을 거야."

'뭐?! 이걸 대량으로?!'

"제대로 잘 챙겨먹어. 집에서 혼자라고 식사를 소홀히 하지 말고. 당신이 쓰러지기라도 하면 학생들이 슬퍼할 거란 걸 명심해."

'오히려 이걸 먹으면 무조건 쓰러질 거다!'

"뭐, 난 딱히 당신이 어떻게 되든 알 바 아니지만······ 흥. 그럼 이만."

'그래! 어서 후딱 가라고!'

그렇게 이브는 어째선지 평소보다 약간 누그러진 표정으로 아르포네아 저택을 뒤로했다.

"저기······ 선생님. 괜찮으세요?"

그리고 이브가 떠난 후, 어디선가 걱정스러운 표정으로 나타난 루미아는 글렌에게 물이 담긴 컵을 건넸다.

"난······ 오늘 다시 한번 확신했어!"

그 물을 단숨에 들이켠 글렌은 빈 컵을 테이블 위에 강하게 내리치며 외쳤다.

"이브······ 저 녀석, 역시 진심으로 내가 싫은 거지?! 아니야? 그래서 굳이 이런 번거로운 방식으로 날 괴롭히러 온 거 아니겠냐고! 에잇, 젠장! 아무리 내가 밉다지만 이건 좀 너무하지 않아?!"

"저, 저기…… 아마, 그건 아닐 걸요. 오히려…… 이브 씨는……."

글렌이 분통을 터트리자, 루미아는 말을 모호하게 끊을 수밖에 없었다.

"저기, 그런데 선생님. ……오늘 저녁은 어쩌실 거예요? 일단 바로 차릴 수는 있는데……."

"아……."

루미아의 질문에 글렌은 몸 상태를 확인한 후 입을 열었다.

"……미안. 이 암흑요리 때문에 아직 속이 안 좋아. 식욕이 조금도 없어. 지금 위에 물 말고 뭐가 들어가면 토할 것 같아."

"아…… 역시."

루미아는 슬픈 표정으로 시선을 내리깔았다.

"윽…… 모처럼 공들여서 만들어준 건데 일이 이렇게 돼서 정말 미안하다."

"아, 아뇨! 아니에요! 스튜는 다시 데우면 언제든 먹을 수 있는걸요! 그보다 지금 중요한 건 선생님의 건강이잖아요! 저, 약 좀 가져올게요!"

루미아는 황급히 식당을 나갔다.

그런 식으로 글렌 앞에서 아무렇지 않은 모습을 가장했지만…….

"……하아~ 역시 오늘 드셔줬으면 했는데……."

왠지 아쉬운 기분이 드는 건 어쩔 수 없어서 결국 어깨를
축 늘어트리고 말았다.

"후우~ 이제야 겨우 속이 좀 가라앉았구만."

때는 심야. 아르포네아 저택의 욕실.

새하얀 대리석으로 지어진 이곳은 상당히 넓은 편이지만,
커다란 욕조에 가득 담긴 온수로 인해 공간 전체가 하얀 수
증기와 온기로 충만했다.

그런 곳에서 허리에 수건 한 장 달랑 걸친 글렌은 욕실용
의자에 앉아 벽에 달린 샤워기에서 쏟아지는 온수로 머리를
감는 중이었다.

"그런데 뭐랄까…… 루미아 녀석, 이 공동생활을 시작한
뒤로 왠지 좀 이상하지 않아?"

글렌은 멍하니 생각에 잠겼다.

루미아는 대단히 헌신적인 태도로 자신을 돌봐주고 있었다.

분명 아침잠이 많은 편일 텐데도 항상 일찍 일어나서 글
렌을 깨워주었고, 청소·세탁·취사도 완벽. 글렌이 방에서
일을 할 때는 마치 이쪽이 쉬는 타이밍을 계산한 것처럼 딱
맞춰 홍차를 가져다주는 데다, 조금 전에도 이브의 암흑요
리 때문에 괴로워하는 그를 위해 손수 약을 조합해주기도
했다.

"아니, 원래 누구에게나 격의 없고 헌신적인 착한 녀석인 건 알고 있지만…… 이건 아무래도 좀……."

도가 지나친 게 아닐까?

여왕의 명령 때문에 어쩔 수 없이 하는 임무 이상의 무언가가 느껴졌다.

하지만 문제는 그런 루미아가 자신의 눈에는 왠지 평소보다 섹시하고 어른스럽게 보인다는 점이었다.

"젠장, 이걸 어쩌나. 이대로 가다간 혹시 뭔가 착각해버릴지도……."

머릿속을 채우는 몹쓸 번뇌를 지워버리려는 듯 글렌은 난폭하게 머리를 헹구었다.

"참 나, 학생 상대로 무슨 생각을 하는 거야? 정신 차려, 인마!"

짜악!

두 손으로 뺨을 치며 다시 기합을 넣었다.

예정대로라면 세리카, 시스티나, 리엘이 페지테로 돌아오는 건 내일이나 모레쯤일 터.

'그 녀석들이 돌아오면…… 이 생활도 끝인가.'

끝을 생각하니 왠지 모를 쓸쓸함과 아쉬움이 가슴 속을 스쳐 지나갔지만, 전력으로 무시했다.

"훗, 난 변변찮은 놈이지만 쓰레기는 아니야! 여기선 일단 교사로서 어른의 위엄을 유지하며 남은 생활을 무난하게 즐겨보자고! 아무튼 이렇게 미소녀의 헌신적인 돌봄을 받는 건 세상의 인기 없는 사내놈들에겐 그야말로 바라 마지않던 시추에이션이니 말이지! 으하하하하!"

글렌이 그렇게 혼잣말을 한 순간.

"……응?"

불현듯 욕실 밖, 유리 문 너머에 있는 탈의실에서 인기척이 느껴졌다.

'어? 대체 왜……?'

글렌이 눈을 꿈뻑이자 유리문이 드르륵 소리를 내며 열렸다.

"……실례할게요, 선생님."

"어?!"

그리고 루미아가 들어왔다.

"어, 어어어어어어어?!"

"……."

얼굴이 상기된 그녀는 아름다운 곡선을 그리는 젊고 파릇파릇한 나신에 목욕수건 하나만 두른 모습으로 서 있었다.

하지만 복숭아처럼 풍만한 가슴 언덕은 완전히 가려지지 않아 깊은 골짜기를 드러냈고, 새하얗고 고운 피부, 늘씬한 목덜미와 쇄골, 가냘픈 어깨, 쭉 뻗은 팔과 탄력 있는 다리는 오히려 완전히 벗은 것보다 더 요염하고 매력적으로 다가왔다.

"자, 잠깐만! 루미아 씨?! 대체 무슨 생각을 하시는 겁니까?!"

글렌은 너무 당황한 나머지 존댓말이 튀어나왔다.

"저기, 그게…… 등을 밀어드릴까 해서……."

루미아는 수줍게 웃으며 모기처럼 작은 목소리로 대답하다 결국 고개를 떨구었다.

"아니, 아니! 됐어! 안 해도 돼!"

글렌은 고개를 붕붕 저었다.

"요 며칠! 네 헌신에는 정말! 진심으로! 감사하고 있어! 진짜 감사합니다! 그래도 이건 아니지! 안 돼! 위험하다고!"

"하지만…… 저는 어머니, 폐하께 선생님을 돌봐드리라는 명령을 받은걸요. 아무리 선생님이 괜찮다고 하셔도 여기서 그만두면…… 나중에 폐하께 혼이 날지도 몰라요."

"아, 아니…… 그럴 리가 없잖아! 그러니 어서 밖으로……!"

"정말로, 틀림없이 그럴 거라고 단언하실 수 있으세요? 상대가 그 어머니인데도요?"

"윽……."

글렌은 말문이 막힐 수밖에 없었다.

확실히 알리시아 7세의 그 총명한 모습만 아는 이들은 꿈에도 모르겠지만, 실제로는 짓궂은 장난을 좋아하는 어린애 같은 면모가 있었다.

그러니 어쩌면 정말 이 일 때문에 생떼를 부리며 화를 낼지도 모를 노릇이다.

"……아, 알았다. 그, 그럼…… 부탁 좀 하마."

"예! 그럼 실례하겠습니다."

글렌의 대답을 들은 루미아는 기쁘게 웃으며 조심스럽게 그의 등을 향해 다가갔다.

—————.

그리고 무릎을 꿇고 앉아 거품을 잔뜩 낸 수건으로 글렌의 등을 밀던 루미아는 불현듯 제정신으로 돌아왔다.

'……내, 내가 대체 무슨 짓을~?!'

그녀의 얼굴은 수증기를 뿜어도 이상하지 않을 정도로 새빨갛게 익어 있었고, 고장 난 펌프처럼 폭주하는 심장이 연주하는 8비트 음은 혹시 주위에 들리지나 않을까 걱정될 정도로 격렬했다.

'얘, 얘가 진짜! 아무리 그래도 이건 너무 나갔잖아! 아무리 어머니의 명령이라도 그렇지……!'

왜 자신은 이런 폭거를 저지른 것일까.

물론 이유는 짚이는 데가 있었다.

아마 조바심 때문이리라.

'저녁에 이브 씨가 기습적으로 들이닥치는 바람에 선생님께 요리를 대접해드리지 못해서…….'

그렇다.

자신이 이젠 한 명의 여자라는 사실을 확실히 의식하게

만들 기회를 놓쳐버렸기 때문이다.

예정대로라면 세리카와 시스티나와 리엘이 돌아오는 건 내일이나 모레쯤.

이제 요리로 글렌의 위장을 사로잡는 건 시간상 무리라는 생각이 들었기에.

'하지만 굳이 이런 방법을 쓸 필요는 없잖아! 이래서야 덮쳐달라고 하는 거나 다름없는데…… 하으으으~.'

루미아도 어린애는 아니다.

이러면 덮쳐져도 할 말이 없다는 것쯤은 알고 있었다.

하지만 마음속 한구석에 그런 전개를 기대하는 자신도 분명히 존재했다.

—그런 건 절대로 안 돼.

—아니, 그래도…….

이성과 본능이 거칠게 흔들리고, 완전히 혼란에 빠진 루미아의 눈이 빙글빙글 소용돌이를 그린 순간.

"……음, 미안한데 루미아. 좀 아파."

"……예?"

글렌의 목소리를 듣고 제정신으로 돌아왔다.

아무래도 무의식적으로 손에 힘이 들어간 모양이었다.

"……아, 죄송해요."

심호흡으로 마음을 진정시킨 루미아가 다시 글렌의 등을 밀려 한 순간.

"앗!"

그녀는 눈치챘다.

조금 전까진 거품에 뒤덮인 데다 머릿속이 복잡해서 깨닫지 못했지만, 글렌의 등에 수많은 흉터가 새겨져 있다는 사실을.

법의 주문^{힐러 스펠}이 발달한 이 세상에서 어지간한 상처는 흉터도 남기지 않고 치료할 수 있는 시대에 이토록 많은 흉터가 남았다는 것은, 다시 말해…….

"선생님. 이 흉터들은……."

"응? 아…… 혹시 기분 나빴어? 더러운 등짝이라 미안한걸."

글렌은 미안한 얼굴로 머리를 긁적였다.

"뭐, 군에 있을 때나 지금이나 실컷 무모한 짓을 저질렀으니 말이다. 명예로운 부상……이라는 건 좀 과찬이려나? 내가 약해빠진 탓이지 뭐."

그리고 장난스럽게 얼버무리려 했다.

"……"

하지만 루미아는 그 흉터에서 눈을 떼지 못했다.

어째선지 이 흉터들이 더할 나위 없이 숭고하고 신성하게 느껴졌기 때문이다.

그리고 이 중에서 몇 개는 분명 자신을 지키다 생긴 것일 터.

"그렇지 않아요."

어느새 정신을 차리고 보니 자신은 그것을 손으로 살며시 쓰다듬고 있었다.

"······루미아?"

의자에 앉은 글렌의 정면에 달린 거울은 수증기로 완전히 뒤덮여 있었기에 그저 등에 부드럽고 간지러운 감촉만 느껴질 뿐, 뒤에서 루미아가 구체적으로 뭘 하고 있는지는 알 수 없었다.

"······절대로 더럽지 않아요."

루미아는 등의 흉터들이 무척이나 사랑스럽다는 듯 하나하나 손으로 자애롭게 쓰다듬었다.

"이 등은 선생님이 선생님이시라는 증명······. 저에게 이보다 더 아름다운 건······ 분명 앞으로도 없을 거예요."

이제 그녀의 머릿속에 야한 망상 따윈 어디론가 사라졌다.

그저 사랑스럽다는 감정뿐.

그렇게 흉터들을 전부 쓰다듬은 루미아는 마치 뭔가를 아쉬워하는 것처럼 천천히 손을 뗐다.

"······그, 그래? 어, 어째 좀 쑥스럽구만."

"예······."

그리고 둘은 가슴이 간질거리면서도 편안한 분위기 속에서 잠시 입을 다물었다.

"으, 슬슬 좀 춥네."

그 침묵을 깨트린 건 글렌이었다.

"그, 그러게요!"

갑자기 이 상황이 부끄러워진 루미아도 뒤집어진 목소리로 대답했다.

"서, 선생님! 그럼 같이 탕에 들어가실래요? 저, 전 괜찮아요! 이렇게 수건으로 몸을 가렸으니……."

"이, 이 바보! 그렇게 갑자기 일어서면……!"

"……앗!"

타일 바닥에 미끄러진 루미아가 균형을 잃고 말았다.

"이런!"

글렌은 반사적으로 손을 뻗어서 아슬아슬하게 루미아를 품으로 끌어당겼다.

"이래서 조심하라고 한 건데……."

"서, 선생님……."

"응? ……헉!"

그리고 깨달았다.

무릎을 세우고 루미아를 품에 끌어안은 자신.

그 과정에서 몸을 가리던 수건이 반쯤 풀어진 탓에 보여선 안 될 부분들이 보이기 시작했다는 것을.

"~~?!"

하지만 루미아는 가리려 하지도 않고 새빨간 얼굴로 그저 가만히 안겨만 있을 뿐이었다.

"아……."

글렌은 머릿속이 새하얗게 되는 것을 느끼며 굳어버릴 수밖에 없었다.

……침묵.

고통스러울 정도의 침묵이 둘 사이를 지배했고.

"……선생님."

정지한 시간 속에서 먼저 움직이기 시작한 건 루미아였다.

"……루미아?"

"……."

루미아는 아무 대답도 하지 않았다.

그저 그 자세 그대로 두 팔을 글렌의 목에 두르며 조용히 눈을 감고, 그의 몸을 자신 쪽으로 끌어당겼다.

―이건 위험하다.

머릿속의 냉정한 자신이 그렇게 경고했지만, 글렌의 육체는 이 갑작스러운 전개를 따라가지 못했다.

이윽고 두 사람이 교사와 학생의 선을 넘으려고 하는 바로 그 순간.

―그으으으을레에에에에엔! 나 왔다아아아아아아아아아아아아아!

마술로 확대한 세리카의 목소리가 마치 이 세상의 종말을 고하는 나팔소리처럼 저택 전체에 울려 퍼졌다.

"흐읏?!"

"허억?! 세리카?!"

둘은 허겁지겁 떨어졌다.

—어디야! 시스티나랑 리엘도 데려왔으니 같이 사온 선물이나 먹자고오오오오오오오오!

"뭐?! 하얀 고양이랑 리엘도 왔다고? 어, 어떻게? 쟤들이 돌아오는 건 내일이나 모레 아니었어?"

"생각은 나중에 해요, 선생님! 머, 먼저 이 상황부터 수습해야……!"

하지만 세리카의 발소리는 무자비하게 이쪽으로 성큼성큼 다가오고 있었다.

"루미아! 네 옷은?"

"바구니에 넣고 수건으로 덮었으니 열어보지 않는 한 모를 거예요! 나중에 몰래 회수하면……."

"오케이, 접수 완료! 그럼 당장은 미안하지만……"

"아, 예!"

글렌의 의도를 읽은 루미아는 수중호흡 주문을 영창했다.

"나 왔어! 글렌! 뭐야 목욕 중이었어? 그럼 그렇다고 말할 것이지!"

그리고 뜨거운 물이 가득한 욕조 안으로 잠수하는 동시

에 욕실 문을 확 열어젖힌 세리카가 마치 태양처럼 환하게 웃었다.

"아니, 야! 너, 사람이 목욕하는 데 들어오는 게 어딨어!"

"뭐, 어때! 너랑 나 사이에!"

"마, 마, 맞아요! 아르포네아 교수님! 남자가 목욕 중인데 이러는 건……."

"응…… 나도 글렌이랑 목욕하고 싶어. ……안 돼?"

"안 돼, 리엘!"

여기서는 안 보였지만, 아무래도 탈의실에는 시스티나와 리엘도 와 있는 모양이었다.

"아, 시꺼! 당장 나가! 이 자식들아! 그렇게 남자 알몸이 보고 싶어?!"

"무, 무슨! 왜 제가 선생님의 알몸을……."

"……."

하지만 물속에 잠수한 루미아에게는 그런 소란이 제대로 귀에 들어오지 않았다.

'……내, 내가 대체 무슨 짓을 하려고 한 거지?'

다시 심장이 크게 뛰었다.

'교수님이 난입하지 않았다면…… 난…… 어쩌면 그대로 선생님과…….'

마술의 효과 덕분에 호흡에 지장은 없었지만, 물 온도 때문인지 어지러운 의식이 급속도로 멀어지기 시작했다.

'나, 난……'

그리고 루미아의 의식은 그대로 물속에서 서서히 새하얗게 물들어갔다.

…………

"……응?"

"오, 일어났어?"

어느새 정신을 차리고 보니 옷을 입고 있는 루미아는 글렌에게 업힌 채로 페지테의 밤거리를 이동하고 있었다.

아직 목욕물의 열기가 몸에 남아 있는지 달아오른 피부에 찬 밤바람이 기분 좋게 닿았다.

"서, 선생님……? 저…….."

"안심해. 어떻게 잘 수습했으니까."

글렌은 한숨을 내쉬며 말했다.

"그리고…… 의식이 없는 너한테 옷을 입히려다 보니 좀 그렇고 그랬는데…… 미안. 용서해 줄래?"

"……아, 예. 따지고 보면 제 탓이니까요."

루미아의 머리 위로 푸슈욱 하고 수증기가 솟구쳤다.

"참 나, 세리카 녀석…… 날 빨리 보고 싶어서 일을 후딱 끝내버리고 흐레스벨그로 하얀 고양이랑 리엘까지 중간에 픽업해서 전속력으로 날아왔다더라. 진짜 황당한 녀석이라니까."

"아, 아하하…… 아르포네아 교수님다우시네요."

"그리고 지금은 널 하얀 고양이와 리엘이 먼저 돌아간 피벨 저택까지 데려다 주던 참이었어. 도착했을 때 네가 거기 없었던 이유를 적당히 댈 테니까 말 좀 맞춰줄래?"

"예, 그럴게요."

글렌은 루미아를 업은 채로 작전 회의를 하며 천천히 걸었다.

"그건 그렇고…… 이렇게 널 업고 걷고 있으니…… 왠지 그날 일이 떠오르네."

사실 그건 루미아도 마찬가지였다.

지금으로부터 3년 전.

외도(外道) 마술사에게 납치당했던 어린 시절의 루미아를 당시 군인이었던 글렌이 구해준 날.

글렌과 루미아의 첫 만남.

그때도 그는 마지막에 이런 식으로 그녀를 업고 돌아왔었다.

"서로 나이는 먹었지만…… 이러고 있으니 우리 관계도 그 시절과 크게 변한 것 같지 않은 기분이 들어."

글렌이 감회 어린 목소리로 말했지만, 루미아는 살포시 웃으며 이리 대답했다.

"아뇨, 전 변했는걸요?"

"앗!"

그리고 글렌의 목에 팔을 둘러 응석부리듯 끌어안으며 작

은 새처럼 목덜미에 입맞춤했다.

"전 이미…… 변했어요. 선생님…… 전 이제 예전으로는 돌아갈 수 없는걸요."

루미아는 글렌의 등에 바짝 붙었다.

"……."

글렌은 아무 대답도 하지 않았다.

할 수 없었다.

둘 사이를 지배하는 침묵.

"오늘은…… 좀 피곤하네요."

그리고 글렌의 등에 업혔다는 안도감 때문인지 갑자기 수마가 몰려온 루미아는 속삭이듯 말했다.

"저기, 선생님…… 조금만…… 조금만 더 이대로 있으면 안 될까요?"

"……그래."

"감사……해요. 저기요, 선생님……."

"……왜?"

"……저는…… 선생님이……."

마지막 말은 맹렬한 수마와 함께 입속에서 부드럽게 녹아 내렸다.

'……선생님, 전 변했어요. ……그리고…… 만약 언젠가, 선생님도 저처럼 변해주실 날이 온다면…… 그때는…….'

그때.

『만약 언젠가』를 행복하게 꿈꾸면서.

루미아는 글렌의 체온 속에서 조용히 잠들었다.

버섯 채집 묵시록

The Mushroom Hunt Apocalypse

Memory records of bastard magic instructor

페지테의 남부에 있는 상업지구.

수많은 점포와 노점이 늘어서서 밤낮을 가리지 않고 활황을 띤 중앙거리에서 조금 벗어난 장소. 그 가게는 뒷골목 어느 한 구석에 몰래 숨어 있었다.

"거 참…… 이 가게는 여전히 손님이 없구만. ……장사가 되긴 하는 거야?"

글렌은 가게 안을 둘러보며 어이없는 목소리로 말했다.

어두운 사방의 벽에 달린 상품 진열대에는 말린 약초가 든 병, 향목, 빛나는 광석, 보석, 정체 모를 생물의 뼈와 모피와 깃털, 기묘한 약품, 분말 같은 누가 봐도 수상쩍은 물건들이 빼곡하게 늘어서 있었다.

"하하하, 내 가게는 아는 사람만 아는 숨은 진주 같은 가게거든. 내가 들여오지 못하는 마술소재가 없다는 건…… 너도 잘 알잖아?"

그러자 가게 안쪽 카운터 너머에 있는 청년이 대답했다.

글렌보다 나이가 약간 윗줄에 친근함과 수완가적인 인상이 공존하는 그는, 글렌의 퉁명스러운 말투에도 전혀 개의치 않고 발돋움을 한 상태로 진열대에서 뭔가를 찾고 있었다.

이윽고 원하던 물건을 찾았는지 청년은 그것을 카운터 위에 올렸다.

"자, 주문한 초승달초(草)야. 지인가격으로 7리르만 내."

"제길, 지인가격은 무슨…… 뭐, 됐어. 아무튼 고맙다, 맥스."

눈살을 찌푸리고 이를 갈던 글렌은 테이블 위에 리르 금화 일곱 개를 두고 상품을 챙겼다.

"매번 감사합니다~."

청년, 맥스는 방긋 웃으며 금화를 품속에 넣었다.

"아, 젠장. 이달은 어쩌지. 월급날까진 아직 한참 남았는데. ……에휴."

이곳은 월터 마술 소재점. 글렌이 어릴 때부터 자주 이용한 가게이자, 현 점주인 맥스 월터와는 나름 오래 알고 지낸 사이였다.

"그건 그렇고 설마 네가 학생들의 수업을 위해 사비를 털어서 마술 촉매를 사가다니…… 같이 연금술로 돌멩이를 황금으로 바꿔서 팔아먹었던 시절이 마치 거짓말 같은걸."

"시꺼, 흑역사 들추지 마. 바쁘니까 난 이만 간다."

그렇게 투덜댄 글렌이 등을 돌리고 가게를 나가려 한 순간.

"아, 잠깐만 기다려봐. 글렌. 너한테 용건이 좀 있어."

갑자기 맥스가 그를 불러 세웠다.

…………

"뭐라? 골덴필츠가 필요해~? 그것도 특상품으로?"

맥스의 이야기를 듣던 글렌은 어이없는 목소리로 되물었다.

골덴필츠.

그것은 몹시 귀중한 마술 소재인 버섯이다. 시장에 좀처럼 나오지 않아서 희소가치가 높기로 유명한 레어 소재다.

"맞아. 어느 고객께서 마술 연구를 위해 특상품 골덴필츠가 꼭 필요하다는 의뢰를 넣었거든."

"야, 맥스. 아무리 너라도 그건 좀……."

"그래. 유감스럽게도 시기가 안 좋지. 지금은 아예 없다고 해도 좋을 정도로 시장에 들어오지 않고 있어. 아무리 나라도 유통되지 않는 상품을 들여올 수는 없으니 말야."

맥스는 어깨를 으쓱이고 한숨을 내쉬며 뒷말을 이었다.

"하지만 나도 이 업계의 프로인 만큼 단골 고객의 요구에 전혀 응해주지 못하는 건 체면 문제야. 그래서 말인데."

맥스는 씨익 웃으며 글렌에게 시선을 돌렸다.

"사실 난 영맥 관계상 이 시기에도 골덴필츠를 채집할 수 있는 비밀 장소를 알고 있어."

"뭐……?"

"하지만 좀 위험한 장소야. 고대의 미로 마술이 걸려 있어서 거길 돌파하는 방법을 아는 건 나와 극소수의 한정된 인간들뿐이지. 그 고객이 가급적 신선한 골덴필츠를 확보하고 싶다고 해서 채집에 동행시키기로 했는데, 까놓고 말해 난 약해서 방해만 되겠지. 그렇다고 해서 고객에게 장소와 방법만 알려주고 보낼 수도 없는 노릇이잖아? 그래서 나 대신

너에게 안내역을 맡기고 싶어. 나도 마침 골덴필츠 재고를 보충하고 싶었던 참이거든."

"그렇군. 채집 퀘스트라는 건가."

상황을 파악한 글렌은 입가에 손을 대고 대답했다.

"맞아. 소재를 구별할 안목이 있는 데다 일정 이상의 전투 능력을 갖춘 인맥 중에 내가 신용할 수 있는 인물은 너밖에 없어. 그러니 너와, 네가 신뢰할 수 있는 자들에게 맡기고 싶은데. 어때?"

"아니, 그렇게 말해주는 건 고맙지만…… 솔직히 요즘 좀 바빠서……."

글렌은 한숨을 내쉬며 주저했다.

"미안하지만, 지금 난 학생들을 위해 해야 할 일이 있어. 그 마술 실험 준비도 있고, 그렇지 않아도 시험공부 대책 강의로 바빠. 그러니 지금 내가 수업을 빠질 수는……."

그 순간.

"하하하. 물론 보수는 넉넉히 챙겨줄게."

맥스가 방긋 웃으며 조건을 추가했다.

"……얼마나?"

"흐음…… 네가 채집한 골덴필츠의 현 시가 총액의 절반을 보수로 주지."

"……예?"

글렌은 석상처럼 굳어버릴 수밖에 없었다.

다시 말하지만, 골덴필츠는 엄청나게 귀중한 소재다.

그 이름처럼 같은 크기의 황금에 필적하는 가치가 있다.

그렇다면 그 시가의 절반이 보수라는 것은 다시 말해…….

"자, 자자자, 잠깐 기다려봐! 너, 지금 날 속이려는 거지? 대체 어디에 어떤 함정을 숨겨놓은 거냐고!"

"이봐, 글렌. 거래는 신용이 생명이야. 확실히 난 마술 소재 값으로 너한테 바가지를 씌운 적은 있어도 이런 종류의 거래에선 늘 성실했잖아? 안 그래?"

"으_으음…….."

"이번엔 피차 손해 볼 일이 없는 거래야. 요즘 시세라면 그만한 보수를 치러도 충분히 이익이 남고, 이게 꽤 무리한 의뢰라는 걸 나도 잘 아니까 나름대로 성의 표시를 하는 셈이지. 어때? 이 의뢰를 받아주지 않겠어?"

맥스가 그렇게 제안하자 글렌은 의연한 태도로 대답했다.

"조금 전에도 말했지만…… 난 지금 바빠. 학생들을 위해 할 일이 산더미처럼 많거든."

"……그런가."

"홋, 맥스. 설마 내가 돈 따위에 휘둘리는 그런 쉬운 인간으로 보였어?"

……다음 날.

글렌이 맡은 2반 학생들은 하나같이 어이없는 표정으로

교실 칠판에 큼직하게 적힌 『자습』이라는 글자를 목격했다.

"……그야 물론이지이이이이이이이이이이이이이이이!"

"돈에 눈이 먼 것도 정도가 있지?!"

눈에 핏발이 가득 선 글렌의 영혼 맺힌 외침과 시스티나의 태클이 앙상블을 이루었다.

아무튼 그러한 사정으로 도착한 이곳은 골덴필츠가 자생하고 있다는 비밀의 산 입구.

적당한 이유를 대서 수업을 쉰 글렌은 이번 의뢰에 시스티나, 루미아, 리엘을 반강제로 참가시켰고, 현재 그들은 저마다 등산 장비를 완벽히 갖춘 상태였다.

"아니, 그보다! 왜 저희까지 참가해야 하는 거냐구요!"

"훗, 그야 뻔하지! 넷이서 가면 인력도 네 배! 그렇다면 수입도 네 배……."

"《이·변변찮은 인간아》아아아아아아아아아아아아아!"

"흐갸아아아아아아아?!"

이제는 거의 일상이 된 글렌의 변변찮은 짓거리에 인내심이 끊긴 시스티나는 즉흥 개변한 흑마(黑魔)【게일 블로】로 그의 몸을 저 하늘 멀리 날려버렸다.

"후욱~! 후욱~! 저 인간은 진짜 매번……!"

"시, 시스티…… 그래도 이날을 위해 수업 진도는 다 빼셨으니까……."

루미아가 쩔쩔매며 변호했지만, 시스티나의 분노를 가라앉히기에는 역부족이었다.

"응. 버섯 채집. ……기대돼."

다만, 리엘은 어째선지 평소보다 조금 들떠 보였다.

"나 원 참, 야. 이게 무슨 짓이야? 내가 대체 뭘 했다고……."

그리고 너덜너덜해진 글렌이 수풀을 헤치며 돌아왔다.

"지금 이 상황을 보고! 다시 한 번 가슴에 손을 얹고! 곰곰이 잘 생각해보세요! 저희한테 뭔가 하실 말씀이 있지 않나요?"

시스티나가 태클을 걸자, 글렌은 진지한 표정으로 주위를 둘러보았다.

"루미아."

"예."

"네 그 등산복 차림…… 귀여운걸? 아주 잘 어울려."

"후훗, 고맙습니다. 선생님."

그리고 머리를 쓰다듬어주자 루미아는 기뻐하면서 수줍게 웃었다.

"지─금─장─난─해?!"

그러자 당연히 머리끝까지 화가 난 시스티나는 글렌에 달려들어서 코브라 트위스트를 걸었다.

"꾸엑?! 항복! 항복항복! 죄송함다! 하얀 고양이 니이이이이이임!"

글렌은 한심한 비명을 지를 수밖에 없었다.

"진짜 죄송합다! 근데 이달은 진심으로 위기라굽쇼! 수업에 쓸 촉매를 제 돈으로 사서! 그러니 이 가엾은 사회 부적응자에게 적선하시는 셈 치고 제발, 제발 좀 도와주십쇼오오오오오오오!"

그리고 시스티나의 발밑에 넙죽 엎드려 애원했다.

어른의 관록과 교사의 위엄이라곤 눈곱만큼도 찾아볼 수 없는 참으로 비참한 꼬락서니였다.

"자자, 시스티. 이번 의뢰는 우리 때문에 선생님이 쓸데없는 지출을 하신 것도 있으니…… 그냥 도와드리자."

"아~ 진짜. 넌 이 인간한테 너무 너그럽다니까!"

확실히 글렌이 돈벌이에 눈이 먼 것은 사실이지만, 이유는 그뿐만이 아니었다.

자신들을 포함한 2반 학생들이 그에게 수업 과정 외의 마술 실험을 하게 해달라고 졸랐던 것도 사실. 그것이 글렌의 재정에 타격을 준 것도 사실이었다.

"후우~ 어쩔 수 없네. ……이번만이에요?"

"가, 감사합니다! 하얀 고양이 니이이이이임!"

"앗, 잠깐! 지금 어디에 손을 대시는 거예요?! 이 바보! 변태!"

감격의 눈물을 쏟는 글렌의 머리를 시스티나가 주먹으로 투닥거리는 광경을 지켜본 루미아는 웃음을 터뜨렸지만, 리엘은 그저 고개만 갸웃거릴 뿐이었다.

"……뭐, 그건 그렇고."

상황이 대충 수습된 후, 시스티나가 먼저 말을 꺼냈다.

"이 멤버로 이 산에서 버섯을 따는 건 좋은데…… 오늘은 동행하는 분이 한 명 더 있으시댔죠?"

"그래, 맞아. 이번에 골덴필츠를 대량으로 요구한 의뢰주님이시지."

"흐음…… 그런 비싼 마술 소재를 요구하다니, 분명 꽤 고명한 마술사분이시겠네요."

"그렇겠지. 이제 곧 오실 텐데…… 너희도 혹시 실례가 되지 않도록 조심해."

그런 대화를 나누고 있자, 마침 수풀을 헤치며 누군가가 등장했다.

글렌 일행과 마찬가지로 산행에 적합한 등산용 장비와 복장을 갖춘, 챙이 넓은 등산모가 묘하게 잘 어울리는 남성이었다.

"오? 호랑이도 제 말하면이라더니. 오셨나 보……네?"

하지만 그 남자의 모습을 확인한 글렌은 굳어버릴 수밖에 없었다.

"……이, 이게 무슨."

그러자 글렌을 본 남자도 걸음을 멈추고 굳어버렸다.

"어, 어어……?"

"다, 당신이 왜 여기에……?"

글렌과 남자는 소스라치게 몸을 떨면서 동시에 외쳤다.

"하뭐시기 선배애애애애애애애애애애애애애애애?!"

"글렌 레이더스으으으으으으으으으으으으으으으으으으으?!"

그렇다. 남자의 정체는 바로 마술학원의 강사인 할리 아스트레이였던 것이다.

"아, 왠지 불길한 예감……."

"아하하……."

"……?"

예상 밖의 사태에 시스티나는 게슴츠레한 눈으로 한숨을, 루미아는 모호한 미소를, 그리고 리엘은 연신 눈을 깜빡거렸다.

그리하여 글렌 일행과 할리는 이 산의 어느 지점을 목표로 출발했다.

맥스에게 받은 지도를 의지해 산길을 나아갔지만.

"……."

"……."

선두에 있는 글렌과 할리 사이에는 전혀 대화가 없었다.

저벅저벅저벅.

들리는 건 그저 울창한 나무들이 우거진 산길을 걷는 발소리뿐이었다.

아무튼 글렌 본인은 별 생각이 없지만, 할리는 불성실한 그를 눈엣가시로 여겼기에 이런 어색한 분위기가 조성될 수밖에 없었다.

  "……잠깐만요, 선생님. 아무리 그래도 분위기가 너무 험악하잖아요. 뭔가 대충 말이라도 좀 건네 드려보세요."

  결국 견디다 못한 시스티나가 뒤에서 글렌에게만 들리게끔 귓속말을 건넸다.

  "그, 그래……."

  확실히 학생들 보기에 좋지 않겠다 싶어서 각오를 다지고 말을 걸었다.

  "아, 아하하~ 설마 맥스에게 의뢰하신 고객이 선배였을 줄이야~! 이거 참, 저도 깜짝 놀랐지 뭡니까! 하하하."

  "……."

  "선배, 골덴필츠가 필요하시다고요? 대체 어떤 연구에 쓰시려는 건가요? 저도 조금 흥미가……."

  "……."

  할리는 말없이 무시했다.

  그렇게 두 사람 사이에는 찬바람만 쌩쌩 불었다.

  '거북해!'

  할리의 냉담한 반응에 글렌은 머리를 감싸 쥐었다.

  '에잇, 젠장! 확실히 지금까지 이런저런 일들이 있긴 했지만, 저렇게 노골적으로 거부할 것까진 없잖아!'

그리고 할리의 옆얼굴을 슬쩍 노려보았다.

'그러고 보면 이 사람, 아마 내가 마술학원에 처음 온 날 부터 날 눈엣가시처럼 여겼지? 재능 없는 평민인 내가 마술 강사로 일하는 게 그렇게 불만이야?'

글렌이 속으로 투덜댄 순간.

"흥. 맥스 월터…… 상품을 들여오는 수완과 신용 있는 거래로 자주 이용해왔다만…… 하필 너 같은 놈과 친분이 있다니, 아무래도 앞으로의 관계를 재고해 볼 필요가 있겠군."

할리가 대뜸 그런 말을 중얼거렸다.

"……전 그렇다 쳐도 그 녀석의 험담은 가만히 흘려들을 수 없습니다만?"

글렌도 울컥해서 목소리가 날카로워졌다.

"흥, 그래. 그 점은 확실히 사과하지. 하지만 맥스 월터가 이번 의뢰에 『실력이 확실한 안내인』을 붙여주겠다고 해서 내심 그 『실력이 확실한 안내인』의 힘에 무척 기대하고 있었 다만…… 허 참, 아무래도 지나친 기대였던 모양이군."

할리는 과장스럽게 어깨를 으쓱였다.

"으그그그그……."

"아마 돈 문제로 학생들을 끌어들인 거겠지? 이 마술사의 수치 같은 놈…… 부끄러운 줄 알아!"

"으그그그그그그그그그……!"

글렌은 이를 바득바득 갈았다.

'나, 난 가급적 원만하게 넘어가 주려고 했는데 태도가 저게 뭐야?!'

그래서 무심코 빈정거리는 말이 튀어나왔다.

"……서, 선배야말로. 선배 같은 대단하신 마술사님이 이런 벽지에 뭐 하러 오신 건데요?"

"……음?"

"직접 채집에 동행해서 인건비나 경비를 아끼시려는 거 아닙니까? 아~ 그러고 보니 요즘 혁신적인 마술 연구에 손을 댄 탓에 연구비가 빠듯하다는 소문이 아무래도 사실이었나 봅니다?"

"으그그그그그……! 이 자식이?!"

글렌과 할리는 서로를 사납게 노려보았다.

"아, 아앗……."

"저, 저기, 싸움은……."

뒤에서 시스티나와 루미아가 불안해했지만, 둘은 눈치채지 못했다.

"에잇! 역시 네놈 따위 필요 없다! 나 혼자서도 충분해! 네놈들은 그냥 하산하도록!"

"웃기시네! 오히려 저희들만으로도 충분하거든요? 잘나신 선배님께선 이대로 하산해서 연구실에서 얌전히 기다리고나 계시죠!"

"호오? 그럼 내기하겠나?"

"내기?"

할리의 제안에 글렌은 눈살을 찌푸렸다.

"우리의 목적지인 특상품 골덴필츠를 채집할 수 있는 지점까진 아직 멀었다만…… 이 근처에서도 쓸 만한 품질의 골덴필츠를 채집할 수 있을 것 같군."

"오호라. 즉, 이 근처에서 버섯 채집 대결을 해보자는 거군요?"

"그래! 어느 쪽이 더 많은 골덴필츠를 찾아내는지 말이다!"

"지는 쪽은 먼저 하산…… 좋습니다! 그렇게 하죠!"

"흥! 후회하지 마라!"

"선배야말로!"

글렌과 할리는 관자놀이에 힘줄을 세운 채 이를 갈며 서로를 노려보았다.

"저, 저기요? 두 분, 제발 진정 좀 하세요. 어째 이번 의뢰의 취지가 바뀐 거 같은데……."

시스티나는 황급히 중재하려 했다.

"에잇, 닥쳐라! 계집!"

"에잇, 넌 닥치고 있어! 하얀 고양이!"

머리에 완전히 열이 오른 둘은 들을 생각도 하지 않았다.

"으음…… 둘 다, 왜 화났지?"

"저, 정말 괜찮을까……?"

리엘이 불안한 듯 눈을 가늘게 떴고 루미아는 난처한 표정을 지었다.

"잘 들어. 반드시 이기는 거다!"

"예에~? 저희도 참가하는 거예요?"

"아하하……."

"응."

산의 숲속에서 투지를 불태우는 글렌 앞에서 시스티나, 루미아, 리엘은 저마다 다른 반응을 보였다.

"하피 선배 자식! 왠지 모르겠지만, 왜 매번 나만 보면 빈정대는 거냐고! 대체 내가 무슨 짓을 했길래!"

"아마 그런 자각 없는 태도가 원인 아닐까요?"

"오늘이야말로 끽소리도 못 하게 해주지!"

시스티나가 게슴츠레한 눈으로 태클을 걸었지만, 글렌은 화려하게 무시했다.

"그런고로 미션 개시 전에 가볍게 복습이다! 리엘! 골덴필츠는 어떤 버섯이지?"

"응. 요전에 글렌의 수업에서 들었어. 엄청 맛있는 버섯이라고……."

"아니, 지금은 그런 아무래도 좋은 정보가 필요한 게 아니라…… 그보다 기억에 남는 게 그것뿐인 거냐……."

글렌은 고개를 들고 손으로 이마를 덮었다.

분명 골덴필츠는 고급 마술 소재인 동시에 세계 7대 진미

중 하나에 포함되는 고급 식재료이기도 했다. 고급 레스토랑에서는 아주 드물게 식재료로 쓰일 때도 있는 환상의 버섯이다.

"너희도 알다시피 골덴필츠는 황금색으로 빛나는 버섯이야. 마치 햇빛을 피해 숨은 것처럼 루코 나무 밑동에 낮은 확률로 한 개씩만 자라나 있지. ……바로 이런 식으로!"

마침 옆에 있는 나무 밑의 풀들을 이리저리 살핀 글렌은 벌써 황금색으로 반짝반짝 빛나는 버섯 하나를 손에 들고 일어났다.

"아, 시작이 좋네요."

"그러게 말이다. 그리고 주의할 점은 겉으로 보기엔 똑같은 브라스룸이라는 독버섯도 비슷한 확률로 있을 거다. 이걸 구분하는 방법은 한두 가지가 아닌데…… 예를 들면 갓의 모양, 주름의 수, 줄기의 굵기, 냄새 같은 요소를 종합적으로 판단할 필요가 있다만……."

글렌은 게슴츠레한 눈으로 리엘을 보았다.

"너, 할 수 있겠냐?"

그러자 리엘은 무표정으로 가슴을 활짝 폈다.

"못 해."

"그럼 왜 그렇게 자신만만한 건데? 뭐야. 그 칭찬해달라는 표정은. 나보고 뭘 어쩌라고."

"아파."

글렌은 리엘의 관자놀이를 한 손으로 꽈드득 움켜잡았다.

"아~ 나랑 루미아는 구별할 수 있지만…… 리엘한테는 좀 힘들지도. 익숙하지 않으면 제법 헷갈리니까 말야."

"저기, 선생님? 리엘한테는 그냥 황금색으로 빛나는 버섯만 모아오게 하는 건 어떨까요? 나중에 선생님께서 직접 진짜와 가짜를 나누시는 편이……."

"효율은 좀 떨어지겠지만, 솔직히 그 편이 무난하겠지. ……그래, 그러자!"

대략적인 방침이 정해지자 글렌은 손뼉을 쳤다.

"그럼 가자! 반드시 이기는 거야! 미션 스타트! 버섯을 왕창 모아서 선배가 끽소리도 못하게 해주겠어!"

"하아~ 왜 또 이런 일이."

시스티나의 한탄은 조용한 숲속으로 흩어졌다.

인의(仁義) 없는 버섯 채집 대결은 그렇게 시작되었다.

"앗?! 여기 발견!"

"와, 축하해! 시스티!"

"응! 왠지 좀 재밌어졌을지도!"

다 함께 버섯 채집을 시작한 지 약 한 시간. 글렌 일행은 조금씩 성과를 올리고 있었다.

"좋아, 진품이군. 다섯 개째 확보!"

나무 밑동에 자란 골덴필츠를 딴 글렌은 주먹을 세워들었다.

"페이스가 꽤 좋은걸."

수확한 버섯을 허리춤에 찬 바구니에 넣으며 조금 멀리 떨어진 곳에서 작업 중인 소녀들의 상황을 살폈다.

자세히 보니 루미아와 시스티나도 대충 자신과 비슷한 페이스로 골덴필츠를 채집하고 있는 모양이었다.

"훗, 골덴필츠 채집에서 중요한 건 끈기. 얼마나 많은 루코 나무 밑동을 조사하느냐에 달려 있어. 즉, 머릿수가 많을수록 유리한 셈이지. 4 대 1…… 선배는 절대로 절 못 이길 겁니다. 큭큭큭."

승리를 확신한 글렌이 사악하게 웃은 순간.

"훗, 과연 그럴까? 글렌 레이더스!"

할리가 나타났다.

"음? 그게 무슨 뜻…… 어어어어어어어어?!"

글렌은 경악했다.

자세히 보니 할리의 허리춤에 달린 바구니에 이미 골덴필츠가 넘칠 정도로 담겨 있었기 때문이다.

"마, 말도 안 돼! 무슨 수로 벌써 그렇게 많은 골덴필츠를 확보한 거죠?! 대체 어떻게!"

"훗! 이 몸에게는 비밀 병기가 있기 때문이지!"

할리가 양 팔을 확 펼치자, 수풀 안쪽에서 사족보행 동물 한 마리가 등장했다.

저 동물의 정체는…….

"돼지?! 왜 이런 곳에 돼지가…… 서, 설마?!"

"그래, 그 생각대로다! 필츠돈(豚)! 내 친구 중엔 실력 있는 돼지 조련사가 있지! 덕분에 골덴필츠의 냄새를 구분해서 탐지할 수 있도록 훈련된 필츠돈의 『진명(眞名)』을 장악하고 있었던 난 그걸 이곳에 소환한 거다!"

"치, 치사해애애애애애! 뭡니까 그게! 반칙이잖아요!"

"으하하하하하하하하하! 이게 바로 너와 내 마술사로서의 실력 차이다!"

"실력이 아니라 인맥이겠죠!"

글렌은 할리에게 반박했다.

"여하튼, 글렌 레이더스! 루코 나무를 하나씩 일일이 눈으로 조사하는 네놈들에 비해, 필츠돈이 있는 내 채집 효율은 약 열 배! 이미 결판이 난 거나 다름없군! 즉각 하산할 준비를 하도록! 으하하하하하하하하!"

할리는 필츠돈과 함께 의기양양하게 떠나갔다.

"으그그그……!"

분한 표정의 글렌은 반박할 수 없었다.

"젠장…… 이대로 가면 지겠어! 져서 먼저 하산하면 맥스의 의뢰는 실패야! 그럼 보수도…… 어쩌지?"

마침 그때 누군가가 글렌의 옆구리를 콕콕 찔렀다.

시선을 내리자 리엘이 졸린 표정으로 서 있었다.

"왜?"

"버섯. 잔뜩 따왔어. ……봐봐."

"뭐?"

리엘은 손잡이가 달린 바구니를 불쑥 내밀었다.

그 안에는 황금색 버섯이 산더미처럼 담겨 있었다.

"어, 어어?! 리엘, 너! 이걸 진짜로?!"

"괴, 굉장하잖아! 리엘!"

"골덴필츠를 이렇게 많이 찾다니……!"

소란을 들은 루미아와 시스티나도 다가와서 놀란 반응을 보였다.

"얘, 리엘! 대체 어떻게 이렇게 많이 찾은 거니?"

"응. ……감으로."

그렇다.

평소에는 늘 멍하게 있어서 잊어버릴 때가 많지만, 원래 그녀는 타고난 야생의 감으로 수많은 강적을 장사 지내온 천재 타입의 검사였던 것이다.

그 감을 버섯 찾기에 쓴 결과가 바로 이것이었다.

"그래! 선배에게 필츠돈이 있다면 우리에겐 리엘이 있었어! 아직 대결은 끝난 게 아니야! 오히려 승산이 있어!"

"아~ 그치만 선생님? 리엘은 골덴필츠랑 브라스룸을 구별할 줄 모르니까……."

"오, 그랬었지. 그럼 바로 나눠볼까. ……그래도 이만큼이나 있으면 골덴필츠도 많이 있겠지."

글렌은 리엘의 바구니를 뒤적이기 시작했다.

"으음…… 흠. 이건…… 브라스룸이군."

뒤로 대충 휙 던져버렸다.

"다음. 음~ 이것도 브라스룸이네. 하하, 우연이라는 건 무섭구만."

이것도 폐기.

"자, 다음. ……응? 이것도 브라스룸이잖아? 삼연속이라니, 별일도 다 있네."

또 폐기.

"……다음은…… 으음? 이번에도 브라스룸? 왠지 좀 불길한 예감이 드는데……."

그런 식으로 계속 구분 작업을 진행한 결과.

"자, 이걸로 마지막! 브라스룸!"

글렌은 부들부들 떨었다.

바구니는 이미 텅텅 빈 상태였다.

"아, 아앗……."

시스티나와 루미아는 뭐라 형언할 수 없는 어색한 표정으로 리엘과 글렌을 번갈아 쳐다보았다.

"저, 저기 말이다. 리엘……."

"왜?"

"대, 체, 왜! 전부 브라스룸인 거냐고오오오오오오오오오!"

글렌은 리엘의 머리를 양손으로 붙잡고 좌우로 마구 흔들어댔다.

"하나도 당첨이 없다니, 무슨 확률이 이래?! 오히려 대단해! 이건 재능이야! 하나도 쓸데없는 재능이지만!"

"응, 나이스. 칭찬받았다."

"칭찬 아니거든?! 아니, 칭찬은 칭찬이다만!"

리엘의 전신이 글렌의 손을 타고 잘게 떨리다 못해 메트로놈처럼 진동했다.

"……아무래도 리엘이 찾아낸 버섯은 전부 브라스룸이 되나 보네요."

"혹시 무슨 법칙인 걸까? 마술사로서 연구 좀 해보고 싶은걸."

"에잇! 그 연구 논문의 결론에는 『리엘은 버섯 채집에 전혀 도움이 되지 않습니다』라고 적어 둬!"

글렌은 리엘을 팽개치고 머리를 감싸 쥐었다.

"제기랄! 이대로 가면 선배에게 지겠어! ……어쩌지?"

그 순간.

"응? 이건……."

마침 바닥에 있는 뭔가가 눈에 들어와서 그것을 집어 들었다.

물방울처럼 생긴 갈색 나무열매였다.

"아, 그거. 씰 열매네요. 이 산에는 씰 나무도 있구나……."

시스티나는 머리 위의 나뭇가지들을 올려다보았다. 저 특징적인 형태의 나뭇잎은 분명 씰 나무였다.

"……야, 시스티나. 루미아. 골덴필츠를 찾는 김에 씰 열매도 좀 모아줄래?"

마침 좋은 생각이 난 글렌은 그렇게 말했다.

"예? 왜요?"

"뭐, 좀 쓸 데가 있거든."

글렌은 씨익 웃었다.

시스티나는 그 표정에서 일말의 불안을 느꼈지만, 일단 시키는대로 씰 열매도 모으기 시작했다.

할리의 골덴필츠 채집은 지극히 순조로웠다.

아무튼 필츠돈이 반응하는 나무만 골라서 조사하면 되기 때문이다.

이 방법으로 그는 글렌 일행에 비해 압도적인 효율을 낼 수 있었다.

"이 대결은 이겼군! 글렌 레이더스 놈! 이번에야말로 네놈에게 한 방 먹여주마!"

하지만 할리가 승리를 확신한 순간, 이변은 일어났다.

"……꾸, 꾸울?"

필츠돈이 서서히 걸음을 멈추더니 그 자리에 누워 버렸다.

"Zzz……."

그리고 그대로 깊은 잠에 빠졌다.

"뭐, 뭐지? 대체 무슨 일이 일어난 거냐! 눈을 떠!"

할리가 허겁지겁 돼지를 흔들었지만, 반응이 전혀 없었다.

"어라~? 선배네 돼지 씨도 좀 피곤해진 걸까요~?"

그 순간, 글렌이 야비하게 웃으며 등장했다.

"아니면 뭐 이상한 거라도 주워 먹고 탈이 난 건가~?"

그는 손에 든 씰 열매를 만지작거리고 있었다.

"……씰 열매? 서, 설마 너?! 돼지는 분명 씰 열매라면 사족을 못 썼을 터! 네놈, 거기에 독을 탔구나아아아아아아아아아!"

진상을 파악한 할리의 관자놀이에 힘줄이 솟았다.

"아니, 독이라뇨. 무슨 그런 심한 말씀을. 실은 저도 씰 열매를 참 좋아하는데 말이죠~? 그래서 『우연히』 씰 열매도 모으고 있었는데~ 또 『우연히』 제가 가져온 수면용 마술약이 묻어서 못 먹게 되는 바람에 『우연히』 아무데나 막 던져 버린 것뿐인데 말입니다~?"

글렌은 딴청을 피우며 휘파람을 불었다.

"『우연』은 무슨! 악의 백 퍼센트겠지이이이이이이이이이이이이이이!"

할리는 글렌의 멱살을 잡아 올렸다.

"변호의 여지없음."

"아, 아하하……."

시스티나가 진지한 표정으로 단언해버리자 루미아는 쓴웃

음을 흘릴 수밖에 없었다.

"으하하하하하! 어떠심까, 선배! 이걸로 선배의 어드밴티지는 소멸! 이제부터는 머릿수 싸움! 나의 승리다아아아아아아아아!"

"우오오오오오, 글렌 레이더스! 네 이노오오오오오오옴!"

그리고 완전히 이성을 잃은 애들처럼 흥분한 둘은 골덴필츠를 찾기 위해 그대로 앞다퉈 숲속으로 달려갔다.

여기서부터는 글렌과 할리의 인의 없는 버섯 채집 전쟁이 시작될 시간이었다.

"좋았어! 이 주위는 당첨이구만!"

골덴필츠를 찾아서 숲속을 빠르게 돌파한 글렌은 환희에 물든 목소리로 외쳤다.

산속에서의 기동력은 군인 출신인 글렌이 더 우세할 수밖에 없었다.

"이 주위에 군생하는 루코 나무에는 꽤 높은 확률로 골덴필츠가 자라난 모양이군! 선배가 따라잡기 전에 모조리 챙겨……깨갱?!"

하지만 갑자기 보이지 않는 벽에 부딪히는 바람에 튕겨 날아갔다.

"뭐, 뭐지? 바, 방금 대체 그게 뭐야!"

"큭큭큭…… 멍청하구나, 글렌 레이더스!"

의아한 얼굴로 나자빠진 글렌을 어느새 따라잡은 할리의 손바닥 위에는 마력이 질주하는 마술 법진이 회전하고 있었다.

"혹시 이런 일이 있을까 해서 이 주위에 미리 단절 결계를 펼쳐뒀지! 그러니 내가 아닌 다른 사람이 이 주위에서 버섯을 채집하는 건 불가능해!"

"치, 치사해애애애애애애애애애애! 이거 해도 너무 한 거 아닙까?!"

글렌은 보이지 않는 결계를 쿵쿵 두들기며 항의했다.

"에잇, 시끄럽다! 그게 돼지에게 독을 먹인 네놈이 할 소리냐!"

그러자 벽 너머에 있는 할리가 반박했다.

"안 됐구나, 글렌 레이더스! 이곳이야말로 골덴필츠 채집의 명소! 네놈들이 아무리 다른 곳을 찾아봤자 여기서 따는 것만 못할 터! 이걸로 승부는 끝이다!"

"비, 빌어머그으으으으을!"

결계 너머에서 마치 싸움에 진 개처럼 울부짖는 글렌을 내버려둔 채, 할리는 유유자적한 걸음걸이로 숲속을 향해 나아갔다.

"홋…… 월척이군. 이 정도면 내가 이겼겠지."

바구니 한 가득 골덴필츠를 따온 할리는 만족스러운 얼굴로 돌아왔다.

"······음? 뭐지?"

하지만 곧 눈앞에 펼쳐진 기묘한 광경에는 그저 당황할 수밖에 없었다.

"아~ 오셨습까? 선배!"

"아구아구, 우물우물······."

모닥불 근처에 앉아서 꼬챙이에 낀 골덴필츠를 굽고 있던 글렌과 리엘이, 향긋하게 잘 구워진 골덴필츠 위에 불에 녹인 고형 버터와 소금을 뿌려서 마구 먹어치우는 게 아닌가.

"응. 맛있어."

"대, 대대대, 대체 무슨 짓을 하는 거냐! 네놈들은!"

이 기행에는 천하의 할리조차 경악할 수밖에 없었다.

"직접 딴 골덴필츠를 먹다니! 그렇군. 네놈, 승부를 포기한 거군?"

"아뇨? 아닌데요~? 이건 그냥 친절한 요정 씨가 저희에게 가져다준 선물입니다만?"

그러고 보니 글렌의 머리 위에는 작고 귀여운 요정이 날개를 파닥거리며 떠 있었다.

"장난꾸러기 요정^{픽시}······? 서, 설마!"

할리는 급하게 자신의 바구니를 확인했다.

"없어?! 어느 틈에 내가 모은 골덴필츠가 단 하나도?! 글렌 레이더스! 네놈이 소환한 픽시의 인식저해 능력 『속이기』를 써서 훔친 건가?!"

"아하하하하! 방심하셨군요! 선배가 펼친 결계의 지정대상은 인간 계통! 인간은 무리지만, 요정이나 물건은 아주 잘 통과하더군요! 흐하하하하하하하하하하하!"

"수법이 더러운 것도 정도가 있지! 이게 사람이 할 짓이냐, 글렌 레이더스으으으으으으으으으으!"

"에헹~! 이걸로 선배가 보유한 골덴필츠는 제로! 제 승리입니다!"

글렌이 자신이 모은 골덴필츠 바구니를 여봐란 듯 들어 올린 순간, 할리는 살벌한 눈으로 장갑을 낀 왼손의 손가락을 튕겼다.

"앗 뜨거!"

그러자 바구니가 갑자기 타오르기 시작했고, 글렌은 그걸 황급히 집어던질 수밖에 없었다.

그리고 바구니를 단숨에 태워버린 불은 눈 깜짝할 사이에 진화되었다.

"저, 저, 저게 뭐야! 말도 안 돼! 고작 손가락 튕기기로 주문 발동?! 그런 짓이 가능한 건 세리카 정도뿐인데……."

"그 말대로다. 하지만 내가 손수 제작한 이 장갑형 마도기는 네 개의 손가락에 각각 주문이 새겨져 있어서 손가락을 튕기는 것으로 주문을 발동할 수 있지."

"예에에에에에에?! 그런 비장의 패 같은 굉장한 마도기를 이런 데서 고작 버섯을 태우는 데 쓴 거예요?! 선배, 바보

아님까?!"

"에잇! 시끄러우니까 닥쳐! 난 너에게만은 질 수 없단 말이다! 그보다 이걸로 스코어는 동점! 승부는 이제부터다!"

"제기랄! 질까 보냐아아아아아아아아아아아아아아!"

그리고 둘은 사이좋게 숲속으로 전력 질주했다.

"……이젠 다 틀렸을지도."

"……으, 으음~?"

"……?"

시스티나, 루미아, 리엘은 지친 표정으로 그런 둘의 뒤를 좇았다.

그렇게 시간은 쏜살처럼 지나갔고, 어느덧 밤이 찾아왔다.

"……여기가 어디래."

글렌은 모두가 처한 상황을 짧은 표현으로 대신했다.

어느새 깜깜해진 깊은 숲속에서 일행은 완전히 미아가 된 상태였다.

"어쩌지? 진짜 어쩌지? 온 길을 전혀 모르겠어."

"……음."

글렌과 할리는 비지땀을 철철 흘렸다.

"네놈이 지도를 분실한 탓이다."

"그 지도를 태워버린 건 선배거든요?!"

"바구니에 지도가 들어있는 걸 내가 어떻게 알아!"

"지금 말 다 했습까?!"

"그래 다 했다!"

이런 상황에서도 둘은 서로를 노려보며 투닥거렸다.

"이, 이제 그만 좀 하세요! 이걸 대체 어쩌실 거냐구요!"

그러자 시스티나가 눈물이 글썽이는 눈으로 끼어들었다.

"이 비밀의 숲에는 대규모 마술결계가 깔려 있는 거죠?! 맥스 씨가 준 지도를 따라서 이동하지 않으면 평생 못 나간다면서요! 그런데 지금 서로 싸울 때예요?! 으으으으~! 이제 어쩜 좋아~!"

주위가 완전히 어두워져서 불안해진 건지 시스티나는 머리를 감싸 쥐고 그 자리에 주저앉았다. 그러자 루미아가 위로하듯 다가갔고, 리엘은 연신 눈을 깜빡거렸다. 자세히 보니 그녀들도 약간 불안한 눈치였다.

"……."

"……."

그런 학생들의 모습에서 뭔가 느끼는 바가 있었는지 글렌과 할리는 잠시 입을 다물었다.

"그, 뭐냐. ……일단 휴전하는 게 어떨까요? 선배."

"흥, 좋다."

둘은 서로 딴 곳을 바라보며 어색한 목소리로 합의했다.

"그럼 바로 시작해보죠. ……교사로서."

"칫, 본의는 아니지만 어쩔 수 없지."

그리고 나란히 숲속을 향해 걸어가기 시작했다.

"어?! 잠깐만요, 두 분. 지금 어딜 가시는 거예요?"

"뭘 당연한 걸 묻고 그래? 이 숲의 결계를 돌파해야 하니까 나랑 선배가 둘이서 조사 좀 하고 오마."

"예에에에?! 그게 가능한 거예요?! 분명 맥스 씨 말로는 이 숲에 걸린 미로 결계는 먼 옛날에 실전된 마술이라고……."

"가능하냐 마냐가 문제가 아니야. 해야만 하는 거지. 너희도 이런 데서 평생 서바이벌 생활을 하는 건 싫잖아?"

"흥. 걸리적거리니까 거기서 얌전히 기다리도록."

둘은 그 말을 끝으로 숲속을 향해 사라졌다.

"……괜, 괜찮으시려나?"

소녀들은 그런 두 교사의 등을 불안한 눈으로 지켜보는 수밖에 없었다.

"자, 그럼 일단 첫 문제."

글렌과 나란히 걷던 할리가 불퉁한 목소리로 말했다.

"이 미로 결계에 접속한 영적(靈的) 포인트를 찾아야 해. 하지만 결계에 간섭할 수 있는 접속 영점(靈点)은 대개 마술로 교묘히 숨겨놨을 터. 마력 탐지는 통하지 않아. 그럼 이걸 어떻게 찾아야……."

"아~ 그건 저한테 맡겨주십쇼. 선배."

그러자 글렌이 주문을 영창했다.

"《가을바람의 가희여·지령(地靈)에게 노래를 불러·내 눈이 되어다오》."

흑마 【스페셜 퍼셉션】. 미약한 음파를 주위로 방출해서 지형 구조를 파악하는 공간 파악 마술이다.

"무슨 생각이지? 네놈. 그런 마술로 영적인 존재를 찾을 수 있을 리가……."

"……잠깐만요."

주문에 집중한 글렌은 머릿속에 전개된 이미지를 응시했다.

"……이쪽임다."

그리고 곧 거침없는 발걸음으로 안쪽을 향해 걷기 시작했다.

이윽고 둘은 나무 그늘에 자연스럽게 숨겨진 투박한 바위를 발견할 수 있었다.

"아마, 이걸 검다. 이게 이 미로 결계의 접속 레이 스팟 중 하나예요."

"뭐……? 트, 틀림없군."

할리는 직접 바위에 손을 대고 글렌의 말이 옳다는 것을 확인했다.

"……어떻게 안 거지?"

그리고 내심 경악한 것을 감추고 물었다.

"아무리 대단한 결계라도 제작자는 인간이잖아요? 그렇다면 아무리 교묘하게 은폐해봤자 거기에는 인간의 의도나 버릇이 드러나기 마련이죠. 이렇게 배치하면 찾기 어려울 거다. 나라면 이렇게 숨길 거다, 같은 제작자 측의 심리를 읽으면 대충 알 수 있습다."

글렌은 아무렇지 않게 말했지만, 할리는 역시 경악을 금치 못했다.

'칫, 역시 마술 운용법과 응용에 관해선 무시무시할 정도로 뛰어나. 그건 인정할 수밖에 없겠군. ……짜증나지만.'

할리가 그런 생각을 한 순간.

"으아아아아아아! 대체 뭐야! 이 술식은!"

접속 레이 스팟을 통해 결계 술식을 검사하던 글렌이 비명을 질렀다.

"뭐 이런 복잡하고 심술궂은 술식이 다 있지? 이건 트럼프 타워를 무너트리지 않고 하단부터 건드리는 거나 다름없는 작업이잖아! 젠장, 내 허접한 마술 제어 기량으로는 무리……."

"비켜."

이번에는 글렌을 밀치고 바위에 손을 댄 할리가 주문을 영창했다.

그러자 바위 표면에 마술 법진과 룬 문자의 나열이 어마어마한 속도로 흘러가기 시작했다.

잠시 그것들을 응시한 할리는 왼손으로 바위 위에 룬 문자를 그리며 술식을 조작했다.

"흥, 미로 술식의 방화벽 일부를 해제했다."

"예?! 벌써요? 정말로?"

"흥, 난 천재다. 이런 구시대의 낡아빠진 술식 따윈 패턴만 파악하면 별것 아니지."

할리는 자못 당연하다는 듯 안경을 올려 쓰며 코웃음 쳤지만, 글렌은 그저 경악할 수밖에 없었다.

'지, 진짜로? 저런 섬세한 조작을 순식간에…… 엄청난 기량이구만. 아니, 대단한 사람이라는 건 알고 있었지만, 설마 이 정도였을 줄이야.'

"자, 그럼 다음으로 가지. 공교롭게도 난 네놈만큼 후각이 좋지 않아. 냉큼 다음 접속 지점을 찾아내도록."

"예, 옙."

이렇게 글렌과 할리는 숲의 술식을 돌파하기 위해 행동을 재개했다.

결론부터 말하자면.

힘을 합친 글렌과 할리의 진격은 지금까지의 갈등이 거짓말이었던 것처럼 매우 순조로웠다.

"선배! 이 마술 함정을 해주할 테니 마력 흘리는 타이밍을 저한테 맞춰 주십쇼!"

"칫! 누구한테 하는 소리냐!"

접속 레이 스팟을 찾고, 술식을 읽고, 방화벽을 해제하고, 가끔 보이는 매직 트랩을 디스펠.

그토록 오랜 세월동안 인간을 거절해왔던 숲의 보호막이

그들 앞에서는 마치 종잇장처럼 찢겨나가고 있었다.

"대, 대단해. ……저 둘은 진짜 대단해."

"응, 정말로……. 역시 우리 학교의 강사분들다우셔."

혹시 또 싸우지나 않을까 걱정돼서 상황을 보러 온 시스티나와 루미아는 결계를 거침없이 돌파하는 강사들의 모습에 넋을 잃고 경악할 수밖에 없었다.

"흐음~ 선배. 이건 어떻게 보세요? 이 언뜻 보기엔 혼자 붕 떠 있는 버뮤다 변수. 이 세 개의 삼차원 유클리드식에 걸렸다고 보면 되는 거겠죠? 그렇다면 언뜻 더미로 보이는 이 비어있는 술식의 의도는……."

"그래. 아마 우리의 예상대로 알파 포인트가 오메가 포인트에 직결된 거다. 카이젤 공간식을 가장한 일종의 『함정』이지. 나 원, 이런 낡아빠진 수법을……."

"메빌스 이론 술식의 응용이군요. 하필 이런 데서 새로운 설계를 쓰다니 참……."

하지만 그들의 대화는 너무나도 수준이 높아서 조금도 이해할 수 없었다.

"……뭐, 그렇게 된 거니까 그만 가자. 얘들아. 이해했지? 방금 선배랑 이야기 나눈 대로 당초의 목적지 바로 옆에 이 숲의 출입구 근처로 나가는 출구가 있을 거야. 이제 곧 집에 갈 수 있다고."

"아니, 하나도 이해 못 했거든요?"

소녀들은 기가 막힌 듯 글렌과 할리의 뒤를 졸졸 따라갔다.

 그리고 일행은 마침내 출구와도 연결된 당초의 목적지에 도착했다.

 "뭐, 뭐뭐뭐, 뭐야 이게에에에에에에에에에에에에!"

 시스티나는 비명을 질렀고, 루미아와 리엘도 그저 눈만 깜빡거렸다.

 하늘에서 달빛이 희미하게 비추는 그곳에서는 루코 나무가 대량으로 군생하고 있었다.

 "……이거 엄청나구만."

 "으음!"

 대체 얼마나 많은 영적 조건이 중첩된 건지 줄줄이 늘어선 루코 나무 밑동에는 찬란한 황금색으로 빛나는 골덴필츠 특상품이 대량으로 자라나 있었다.

 "……이건 확실히 마술로 숨길만 하네요."

 "하지만 그 미로 마술도 우리에겐 아무것도 아니었지."

 "그러게 말입니다, 선배."

 그토록 싸워댔던 게 이제 와선 전부 바보 같아졌는지 글렌과 할리는 제자들 앞에서 작게 미소를 나누었다.

 "저쪽으로 나가면 산 입구겠네요. 그럼 돌아가기 전에 챙겨갈 건 챙겨갑시다."

 "흥. 뭐, 어디서부터 손을 대야 할지 고민될 정도군."

"그러게요."

웬일로 둘은 훈훈한 분위기였다.

"아, 맞아. 이 골덴필츠는 몇 대 몇으로 나누죠?"

"그냥 여기 도달할 때까지의 공헌도대로 나누면 되지 않나."

"아~ 그럼 제가 6이고 선배는 4인가요?"

"아니, 공헌도를 따지면 내가 6이고 네놈이 4겠지."

다시 둘 사이에 찬바람이 불었다.

"……."

"……."

침묵. 그렇게 잠시 기묘한 침묵이 흘렀다.

"저, 저기……?"

"글렌 선생님? 할리 선생님?"

시스티나와 루미아가 불안한 눈으로 말을 걸었지만, 글렌과 할리의 귀에는 닿지 않았다.

"……접속 레이 스팟을 찾은 게 누구 덕이었죠?"

"대체 누구 덕에 방화 술식을 해제한 줄 아는 거지?"

고오오.

"도중에 득시글하게 깔려 있었던 매직 트랩…… 제가 찾아서 디스펠하지 않았다면 지금쯤 선배는 저세상에 가셨을 겁니다만?"

"그 작업 도중에 주문이 백드래프트를 일으켜서 죽을 뻔한 게 어디 사는 누구였지? 기술 지원을 했던 게 누군지 벌써 잊은 거냐?"

고오오오오오.

"애초에 일이 이렇게 된 건 선배가 길이 표시된 지도를 태워버려서였죠?"

"그 원인을 제공한 멍청이가 대체 누구였더라?"

고오오오오오오오······!

어느새 불가사의한 중저음이 환청처럼 울려 퍼지고 있었다.

"자, 자자잠깐만요! 5 대 5로 가죠! 5 대 5로! 여기까지 무사히 도착한 건 글렌 선생님과 할리 선생님 덕분······!"

시스티나는 재빨리 중재에 나섰다.

"넌 빠져 있어, 하얀 고양이!"

"에잇! 닥쳐라, 계집!"

"아, 예에······."

하지만 곧 글렌과 할리의 서슬 퍼런 시선을 받고 뒤로 슬슬 물러날 수밖에 없었다.

"······아무래도 저흰 한 번 끝까지 가보는 수밖에 없을 거 같네요?"

"기우로군, 글렌 레이더스. 마침 나도 같은 생각을 했던 참이다!"

착 가라앉은 눈의 할리가 왼손에 장갑형 마도기를 끼자, 둘은 빈틈없이 서로를 노려보며 마력을 끌어올렸다.

"이제 말리는 건 무리겠네."

시스티나는 방긋 웃으며 중재를 단념했다.

"자, 우린 먼저 돌아가자. 루미아, 리엘."

"어? 그, 그치만……."

"으음, 글렌. 두고 갈 거야?"

"하아~ 더는 무리야. 이젠 그냥 서로 납득이 갈 때까지 치고받으라고 내버려두는 수밖에."

소녀들은 전투에 말려들지 않도록 그 자리를 벗어났다.

"우오오오오오오! 뒈지십쇼, 선배애애애애애!"

"지옥에 떨어트려주마, 글렌 레이더스으으으으으으으!"

퍼어어어어어어어어어어어어어어어어엉!

그런 소녀들 뒤에서는 마력과 마력이 충돌하는 굉음, 땅을 울리는 폭음, 하늘을 뒤흔드는 벼락이 자아내는 지옥의 불가마 같은 광경이 현실에 강림해 있었다.

…………

훗날.

알자노 제국 마술학원의 복도.

"그래서…… 그 후로 선생님들은 어쩌셨대? 시스티."

"응. 듣기로는 두 분이서 한계까지 싸운 여파로 그 자리에 있던 골덴필츠가 전부 엉망이 됐다더라구."

"으음…… 아깝다. 맛있었는데."

"후우~ 정말이지. 진짜 헛고생만 잔뜩 했지 뭐야. 이젠 지긋지긋해."

소녀들은 그런 대화를 나누며 복도를 걸었다.

"이걸 대체 어떻게 책임지실 거죠?! 선배 때문에 보수는 꽝! 이달에 전 진짜 굶어 죽을 위기에 처했단 말입다!"

"닥쳐! 난 네놈 때문에 연구 진행 일정이 모조리 날아갔거든?! 너야말로 이걸 어떻게 책임질 셈이냐!"

참고로 그녀들의 시야 한구석에서는 글렌과 할리가 엎치락뒤치락 싸우는 중이었다.

길을 가던 학생들도 애들처럼 싸워대는 그들을 멀리서 어이없는 표정으로 바라보고 있었다.

"에잇! 역시 난 댁이 싫어!"

"그건 내가 할 말이다!"

언제까지고 서로에게 양보하기는커녕 고집을 쓰며 드잡이를 멈추지 않는 두 사람.

"후우~ 정말 못 말려."

그들을 흘겨본 시스티나는 한숨을 내쉬며 어깨를 으쓱였다.

너에게 바치는 이야기

A Story Dedicated to You

Memory records of bastard magic instructor

■제25회 라이츠 니히 문학 신인상 평가시트

○제목 : 푸른 바람의 실피드

○펜네임 : 화이트 캣

○캐릭터 : E
몰개성. 아니, 애당초 당신이 응모한 작품의 주인공과 상대역은 늘 비슷한 구도인 것 같네요. ……제자와 교사의 금단의 관계뿐. 가끔은 다른 캐릭터도 한 번 구상해보는 게 어떨까요?

○오리지널리티 : E
전무(全無). 어디서 본 것 같은 스토리와 설정을 억지로 이어 붙였을 뿐입니다. 혹시 이 업계를 얕보고 있는 거 아닌가요?

○문장력 : E
표현에 쓸데없는 장식이 많고 너무 배배 꼬아놔서 솔직히 이해하기가 어렵습니다. 이런 건 본인의 자기만족일 뿐, 읽는 독자 입장에선 작가가 그저 안쓰럽게 보일 뿐이에요.

○구성력 : E

엉망진창입니다. 전개와 복선이 전부 모순된 데다 이게 도대체 배틀물인지, 러브 코미디물인지, 개그물인지, 시리어스물인지…… 글을 쓰는 것에 대한 당신의 정열은 전해지지만, 즉흥적인 아이디어와 기세에 지나치게 의존하고 있습니다. 글의 콘셉트와 개연성을 좀 더 고려하시길.

○스토리 : E

솔직히 말해 재미가 없습니다.

○심사 결과 : 1차 심사 낙선

○총평 :

유감이지만, 솔직히 당신에게선 조금도 재능이 느껴지지 않습니다. 슬슬 작가는 포기하고 다른 길을 찾아보는 게 어떨까요?

예를 들어, 작중 마술에 관한 묘사와 지식만은 훌륭하므로 작가라는 주제넘은 꿈은 체념하고 마술사가 되는 것을 목표로……

찌익! 찌익! 찌이이이익!

"으아아아아아아아아아앙! 이게 뭐야아아아아아아아!"

이날 피벨 저택 시스티나의 방에서는 종이를 찢는 소리와 분노의 외침이 앙상블을 이루고 있었다.

"대체 뭐냐구! 이 평가는! 이 세상엔 내 번뜩이는 재능을 못 알아보는 바보들밖에 없는 거야?"

당치도 않은 모함을 입에 담은 시스티나는 오늘 집에 도착한 편지를 동그랗게 구겨서 쓰레기통에 집어 던졌다. 그리고 침대에 몸을 던져 참을 수 없는 분노에 몸을 떨었다.

알자노 제국 마술학원의 우등생인 그녀의 비밀스러운 취미인 소설 집필. 이번에도 어느 신인상에 작품을 응모했지만, 결과는 보다시피 처참하기 이를 데 없었다.

"하아~."

시간이 조금 지나서 머리의 열이 어느 정도 식은 시스티나는 깊은 한숨을 내뱉었다.

"……이번에는 꽤 자신작이었는데……."

자화자찬이지만, 지금까지 투고한 작품 중에서는 가장 완성도가 높다고 생각했다. 솔직히 조금 자신도 있었다.

하지만 결과는 보다시피 낙선이었다.

혹시 프로 작가로 데뷔하게 되면 어쩌지 하고 기대하면서 결과를 고대했던 자신이 진심으로 바보 같아서 더 비참했다.

"……난 소설에 재능이 없는 걸까? 그냥 이대로 마술만 공부해야 하는 운명?"

아무튼 아무리 계속 써도 평가가 오를 낌새가 없으니 이제는 슬슬 글에 재능이 없음을 의심하지 않을 수가 없었다.

"역시 난 이제 절필해야만 하는 걸까?"

시스티나는 고개를 살짝 돌려서 책상 쪽을 쳐다보았다.

그 위에는 방금 전까지 쓰고 있던 원고가 쌓여 있었다.

"하아~."

그렇게 한동안 원고를 멍하니 쳐다본 시스티나의 입에서는 다시 깊은 한숨이 새어나왔다.

며칠 후.

"이걸 어쩜 좋아아아아아아아아아아아아아아아아아!"

시스티나는 몹시 당황한 얼굴로 페지테의 거리를 질주하고 있었다.

뜬금없지만, 그녀에게는 단골로 다니는 독서 카페가 있었다. 휴일에 한가할 때 가끔 들려서 우아하게 홍차를 마시며 소설을 쓰는 것은 그녀의 비밀스러운 취미 중 하나였다.

카페에서 소설을 쓰고 있으면 왠지 정말로 작가가 된 것 같은 기분이 들었기 때문이다.

그래서 마침 루미아와 리엘에게 따로 일정이 있는 이날도 그녀는 평소처럼 소설을 쓰기 위해 그 카페에 방문했다.

하지만 얼마 전에 심한 악평을 들어선지 글이 좀처럼 써지질 않았다. 예전에는 글을 쓰는 것 자체가 그토록 즐거웠건만, 이제는 오히려 그것이 너무나도 고통스럽고 의미 없는 일처럼 느껴졌기 때문이다.

그래서 결국 지금은 도저히 글을 쓸 기분이 아니라는 결론을 내린 시스티나는 한숨을 내쉬며 계산을 하고 가게를 나왔지만…….

"하필이면, 하필이면 그 쓰다 만 소설 원고를 가게에 두고 오다니이이이이이이이이!"

대체 정신을 어디 둔 거냐고 한탄해봤자 이미 소 잃고 외양간 고치기였다.

설마 그런 졸저(拙著)를 훔쳐갈 사람이 있을 리는 없겠지만, 누가 읽기라도 했다간 수치사(羞恥死)할지도 모른다. 혹시 종업원이 쓰레기인 줄 알고 버려도 그건 그것대로 비참하리라.

"제발 내 원고가 무사하기르으으으으으으으으으으으으으을!"

그렇게 기도하듯 외친 시스티나는 독서 카페 『뮤즈 라이브러리』의 문을 열고 안으로 돌진했다.

『뮤즈 라이브러리』는 입장료로 1셀트만 지불하면 카페 안에 비치된 책과 잡지와 신문 등을 마음껏 읽을 수 있는, 평범한 독서 카페다. 물론 음료와 식사는 별도 요금. 다만, 다른 독서 카페에서는 볼 수 없는 희귀한 장서들이 많다는 차별점 때문에 자주 이용하는 가게였다.

입구에서 동화 한 닢을 지불하고 입점한 시스티나는 일단 주위부터 살폈다.

커다란 쇼윈도를 통해 바깥을 살필 수 있는 구조의 가게 내부는 질 좋은 오크 원목으로 만든 카운터, 테이블, 벽의 책장, 잡지와 신문이 비치된 선반 등이 세련되고 차분한 공간을 형성하고 있었다.

손님 수도 그럭저럭. 적당한 소음이 자연스럽게 집중력을 끌어올리는 절묘한 분위기를 자아내고 있었다.

그런 카페 안을 시스티나는 최대한 소리가 나지 않도록 빠른 걸음으로 이동했다.

"그, 그게 그러니까…… 내가 앉았던 자리가…… 아앗?!"

하지만 목적지에 도착한 순간, 무심코 비명이 튀어나왔다. 두려워했던 일이 현실로 닥쳤기 때문이다.

조금 전까지 그녀가 앉아 있던 자리에는 이미 다른 손님이 있었다.

스무 살쯤 돼 보이는 묘령의 여성. 아직 어린애인 자신은 절대로 낼 수 없는 어른의 차분함과 기품이 자연스럽게 느껴지는 이지적인 인상의 미녀였다.

평소에 잘 관리하고 있다는 걸 알 수 있는 윤기 있는 황갈색 머리와 티 없이 고운 피부, 고급 원단으로 만들어진 캐주

얼한 드레스만 봐도 상류계층이나 귀족 영애인 것을 짐작할 수 있는 그 여성은 현재 손에 든 종이다발 — 시스티나가 쓰다 만 소설 원고 — 을 열심히 읽고 있었다.

"아, 아아, 아아아아……."

시스티나가 입을 뻐끔거리며 손가락으로 가리킨 순간.

"……!"

그제야 여성은 시스티나의 존재를 눈치챈 듯 고개를 들고 눈을 깜빡거리더니 곧 미안한 표정으로 웃었다.

"저기…… 여기 두고 간 이 글이 혹시 당신 거였나요?"

"아, 아니, 그게……."

"미안해요. 훔쳐볼 생각은 없었는데 제 이름이 나온 걸 보고 그만……."

"……예?"

시스티나는 눈을 동그랗게 뜨고 여성을 쳐다보았다.

"자기소개가 늦었네요. 제 이름은 미스티나. 미스티나 캐롤라인. 아무쪼록 잘 부탁드려요."

미스티나.

그렇다. 그 이름은 시스티나가 요즘 쓰고 있는 신작 소설의 여주인공과 동일한 이름이었다.

"캐롤라인이라면…… 이 페지테에선 꽤 유명한 가문이잖아요? 분명 금융업으로 재산을 일궜다고…… 설마 그 가문의 영애이신 건가요?"

"예…… 뭐, 세간에서는 그렇게 통할지도 모르겠네요. 하지만 유명한 건 저희 가문이고 제가 아니니 신경 쓰지 말아주세요, 시스티나 양."

옷깃만 스쳐도 인연이라 했던가. 그리하여 미스티나와 동석하게 된 시스티나는 같이 홍차를 마시며 잡담을 나누었다.

"으으…… 그런 분의 눈을 이런 쓰레기 같은 소설로 더럽히다니…… 앗! 이, 이건 당연히 제가 쓴 게 아니라 제 친구가 쓴 거지만요!"

시스티나는 너무 부끄러웠던 나머지 반사적으로 거짓말을 하고 말았다.

"진~짜 재미없죠? 이 소설! 저도 그만 좀 쓰라고 몇 번이나 말렸는데 갠 들은 척도 안 하는 거 있죠? 계속 읽어줘야 하는 제 입장도 좀 생각해보라고 해야 할지…… 아하, 하하하."

어째선지 자기가 말하면서도 눈물이 나올 것 같았다.

"그런 식으로 말씀하시면 안 되죠."

하지만 미스티나는 부드럽게 타일렀다.

"재밌고 말고는 개인의 감상이니 어쩔 수 없지만…… 남이 열심히 쓴 작품을 쓰레기라고 매도하거나 그만 쓰라는 건 절대로 해선 안 될 말이랍니다. 아무리 친한 사이라도 예의는 지키셔야죠. ……창작과 상상력의 날개에 대한 가치와 자유를 뺏을 권리는 그 누구에게도 없으니까요."

"아…… 죄, 죄송합니다."

임시방편으로 한 말이긴 했어도 너무 경솔했다는 생각에 부끄러워진 시스티나는 고개를 축 늘어트리고 말았다.

"거기다…… 전 이 소설이 굉장히 재밌었는걸요?"

하지만 미스티나가 이어서 한 말을 들은 순간, 무심코 고개를 바짝 들었다.

"예?! 재밌었다구요? 이게?"

"예, 굉장히요."

미스티나는 조금 전에 읽었던 내용을 되새기듯 테이블 위의 원고에 시선을 내리며 입을 열었다.

"확실히 기술적으로는 부족한 점이 많지만…… 작가가 굉장히 즐거워하면서 이 이야기를 썼다는 게 전해졌고…… 거기다 이 작품의 주인공인 소녀, 『미스티나』의 심정에 무척 공감이 됐거든요."

"……."

"만약 괜찮으시다면 그 친구 분께 이렇게 전해주시지 않겠어요? 정말 재밌게 읽느라 시간이 가는 줄도 몰랐다고. 이런 좋은 글을 써주셔서 정말 감사하다고요."

시스티나는 넋을 잃은 채 눈만 깜빡거릴 수밖에 없었다.

솔직히 말하자면, 기뻤다. 지금까지 소설을 쓰면서 이런 평가를 들은 건 이번이 처음이었기 때문이다.

"아, 예! 반드시 전해드릴게요! 걔도 분명 기뻐할 거예요!"

"후훗. 전 아무래도 시스티나 양의 친구분이 쓴 작품의 팬이 된 것 같아요. 그러니 꼭 그 다음도 읽고 싶네요."

"예?!"

"만약 괜찮으시다면, 혹시 친구분께서 그 뒤를 더 쓰신다면 제가 읽을 수 없을까요?"

하지만 이 말에는 말문이 막혔다.

'어쩌지? 이 신작은…… 이번 낙선으로 자신감을 잃어서 이제 그만 쓰려고 했던 건데. ……아니, 애초에 난 이제 소설을 쓰는 것 자체를 그만두려고 했었는데.'

그런 시스티나의 심정을 알 리 없는 미스티나는 한껏 기대 어린 표정으로 말했다.

"전 이 카페 단골이에요. 늘 정해진 요일과 시간대에 이 자리에 있을 테니…… 아무쪼록 잘 부탁드려요."

"……."

하지만 처음으로 생긴 팬의 부탁을 무시할 수도 없는 노릇이었기에, 그렇게 친구(자신)가 쓴 소설을 중심으로 두 사람의 기묘한 교류가 시작되었다.

알자노 마술학원 2학년 2반의 쉬는 시간.

"야, 루미아, 리엘. 쟨 요즘 또 왜 저러냐?"

루미아와 리엘을 부른 글렌은 그녀들에게 몰래 귓속말을 건넸다.

"……!"

마침 그들이 시선을 돌리자 인상을 찡그린 시스티나가 끙끙거리며 수첩에 뭔가를 열심히 적는 모습이 눈에 들어왔다.

"맞아! 이 전개가 있었지! 이렇게 하면 전부 이어져!"

그녀는 갑자기 환하게 웃거나.

"……하지만 그럼 여기부터 여기까지 다시 써야 할 텐데…… 후우~."

갑자기 골치 아픈 표정을 짓거나.

"그래도…… 에헷, 에헤헤헤……."

갑자기 히죽히죽 웃어대는 둥, 표정이 쉴 새가 없었다.

"……솔직히 보고 있으면 무서워. 진짜 왜 저러는 거지?"

이마에 식은땀이 맺힌 글렌이 게슴츠레한 눈으로 물었다.

"그게…… 저도 신경이 좀 쓰여서 전에 물어봤는데요. ……요즘 뭔가 새로운 마술 술식 같은 걸 짜는 중이라더라구요."

"뭐라고?!"

"……응. 인간의 마음? 에 작용하는 새로운 마술이라고 들었어. 난 잘 모르겠지만."

"맞아요. 인간의 희로애락(喜怒哀樂)을 자유자재로 조작할 수 있는 마술이라나 봐요. 가슴을 뜨겁게 하거나, 웃게 하거나, 감동시키거나, 울게 할 수 있는 마술이라고……."

"세, 세상에……! 설마 감정 조작 마술?!"

글렌은 경악할 수밖에 없었다.

육체와 정신을 다루는 백마술(白魔術) 중에서도 인간의 감정에 관한 마술은 특히 더 복잡하고 어려운 부류에 속했다.

그리고 희로애락의 조작은 언뜻 별것 아닌 것처럼 들릴 수 있지만, 사실 마술전투 분야에서는 그야말로 절대적인 힘을 발휘하는 마술이다.

아무튼 인간은 『희』가 충족되면 싸울 의지가 감소하고, 『로』가 쌓이면 제대로 된 판단을 내릴 수 없게 되며, 마음이 『애』로 가득하면 의욕을 잃기 마련이다. 하지만 반대로 『락』의 상태를 유지하면 일정한 전투력을 안정적으로 발휘할 수 있게 될 터.

"저 녀석…… 벌써 그런 고도의 술식을 스스로 짤 수 있게 되다니. 대체 어느 틈에 그런 영역에 도달한 거야?"

제자의 성장을 목도한 글렌은 눈시울이 절로 뜨거워졌다.

"에잇! 그럼 이러고 있을 때가 아니지!"

"앗! 어디가세요, 선생님!"

도저히 가만히 있을 수 없었던 글렌은 그대로 교실을 뛰쳐나갔다.

"하얀 고양이!"

"꺄악!"

갑자기 옆에서 자신을 부르는 소리에 시스티나는 황급히 수첩(소설 설정집)을 덮었다.

고개를 슬그머니 들자 숨을 가쁘게 몰아쉬는 글렌이 눈앞에 서 있었다.

"서, 서서, 선생님?! 왜요? 설마 보셨어요? 방금 제 수첩 안을 보신 거냐구요!"

"이 바보야. 나도 마술산데 그런 쪼잔한 짓거리를 하겠냐. 그보다⋯⋯."

글렌은 대량의 책을 시스티나의 앞에 쌓아올렸다.

"⋯⋯어? 이건 또 뭐예요?"

"『화이트 그리무아르』, 『심술(心術)의 오의서』, 『나코스의 감정 이론 문서』, 그리고 『체스트 남작의 최신 연구 논문』⋯⋯ 백마술 연구의 참고문헌으로는 최고 수준의 문서들을 내 기준으로 모아봤어. 너한테 조금이라도 도움이 됐으면 해서 말이다."

"⋯⋯예?"

시스티나는 이런 게 소설을 쓰는 데 대체 무슨 도움이 될까 싶어서 눈을 깜빡였다.

"알아! 나도 다 안다고! 넌 이대로 계속 성장해서 나아가겠지! 지금까지도! 그리고 앞으로도! 너에겐 그만한 재능이 있으니까!"

"⋯⋯예에?"

"뒤쳐지는 놈들 따윈 돌아보지 마! 앞만 보고 달려! 난 결국 도달하지 못했던 저 아득히 높은 경지를 향해!"

"……예에에?"

"괜찮아. 신경 쓰지 마. 이 중에는 특1급 봉인지정 문서도 있다 보니 대출하느라 내 이달 월급이 몽땅 날아갔다만…… 미래로 나아가려는 학생을 위해 내가 교사로서 해줄 수 있는 일은 이 정도밖에 없으니까! 넌 전혀 신경 쓰지 않아도 돼!"

"……."

"열심히 해보렴, 시스티나. 난 언제나 널 응원하고 있으마!"

밝게 웃으며 엄지를 척 세워 보인 글렌이 그대로 등을 돌려 떠나갔고, 시스티나는 멍한 얼굴로 그 뒷모습을 가만히 지켜볼 수밖에 없었다.

"양심이 아파!"

하지만 곧 책상에 머리를 찧고 반성했다.

…………

"저기, 시스티나 양? 혹시……."

주말의 독서 카페 『뮤즈 라이브러리』에서 시스티나가 여느 때처럼 친구가 쓴 소설인 척하며 미스티나에게 자작 소설을 보여주던 어느 날, 미스티나가 갑자기 쿡쿡 웃으며 이런 말을 꺼냈다.

"이 소설을 쓴 친구분은…… 시스티나 양을 주인공 『미스티나』의 모델로 삼은 거죠?"

"어…… 예에?! 그, 그그그, 그럴 리가요!"

미스티나의 지적에 시스티나는 펄쩍 뛰었다.

"후훗, 분명 맞을 거예요. 이름도 비슷하고, 애초에 말투부터 똑같은걸요. 그래서 이토록 생동감 있게 느껴지는 게 아닐까요?"

"저, 저저저, 저는 절대로 아니라고 생각해요……!"

차마 시선을 마주하지 못한 시스티나는 덜덜 떨면서 홍차를 단숨에 들이켰다. 그토록 맛있었던 홍차가 지금은 아무 맛도 느껴지지 않았다.

"……그럼 혹시 이 『미스티나』의 연인 『그레인』도 실존 인물이 모델인가요?"

"푸웁!"

놀라서 홍차를 옆으로 뿜어버렸다.

"콜록! 콜록! 아, 아아아, 아니에요! 절대로 그럴 리 없다구요! 절대로!"

"그런가요? 평소에는 후줄근하고 미덥지 못한 교사인데 막상 위급할 때는 굉장히 믿음직스럽고 멋있어지는 모습에선 마치 실존하는 인물을 참고한 것 같은 리얼리티와 설득력이 느껴지는데 말이에요."

'미, 미스티나 씨?! 너무 날카로우신 거 아니에요?!'

시스티나는 내심 크게 당황할 수밖에 없었다.

'하, 하긴 듣고 보니 주인공과 상대역의 구도를 나랑 글렌

선생님을 참고로 하지 않은 건 아닐지도 모르는 가능성이
전혀 없는 건 아니지만······!'

혼자 얼굴이 빨개졌다 파래졌다 하며 식은땀을 흘린 순간.

"그런데······ 좀 아쉬운 부분도 있네요."

오늘의 원고 분량을 다 읽은 미스티나가 기탄없는 감상을
입에 담았다.

"이 작품을 쓰고 계신 시스티나 양의 친구분은 아마 연애
경험이 적은 거겠죠. 러브신의 상황 묘사나 당시 주인공의
심리묘사를 전부 상상력에 의존했다고 해야 할지······ 너무
덤덤해요."

"······윽."

반박의 여지가 없었다.

그 말대로 시스티나는 제대로 된 연애 경험이 전혀 없었기에.

"좀 더 연애 경험을 쌓고 나서 묘사에 살렸으면 더 좋아졌을
텐데······."

"저, 저기~ 미스티나 씨?"

"아, 죄송해요. 그래도 이 작품의 러브신은 스토리라인의
흐름에 크게 관여하는 건 아니니······ 이번에도 전반적으로
재밌었어요. 친구분께도 그렇게 전해주세요."

아무튼 이번 독서회는 그렇게 막을 내렸다.

"러브신? 연애 경험이 부족해? 그걸 내가 어떻게 보완하

라는 거야! 무리잖아!"

집으로 돌아가는 도중, 시스티나는 홀로 머리를 싸맸다.

"화, 확실히 이 작품의 러브신은 스토리의 흐름에 전혀 영향을 주진 않지만! 넣든 말든 상관없지만! 그래도 미스티나 씨의 기대에는 부응해주고 싶은데……!"

아무튼 자신이 쓴 작품에 생긴 첫 팬이다.

그런 팬의 기대에 부응해주는 것이야말로 프로의 자세가 아닐까?(프로는 아니지만)

"끙~ 이걸 어쩌면 좋지? 끄응……."

집으로 돌아온 후에도 시스티나는 식사, 목욕, 잘 때를 가리지 않고 계속 고민을 거듭했다.

그리고 다음 날 방과 후. 아무도 없는 교실.

"……옳거니. 네가 개발한 최면 계통 백마술의 실험대가 되어 달라 이거군?"

시스티나의 요청을 듣고 온 글렌은 고개를 연신 끄덕였다.

"저기, 역시 무리겠죠? 그, 그쵸? 이런 건 귀찮으시잖아요? 그렇담 딱히 무리하지 않으셔도……."

시스티나가 머리카락을 배배 꼬면서 여기서 그만 해산하려고 한 순간, 글렌은 그녀의 양 어깨를 덥석 움켜잡으며 눈을 똑바로 쳐다보았다.

"말도 안 되는 소리! 학생이 경지를 높이기 위해 필사적으로 노력하고 있는데. 그걸 못 본 척 하는 놈은 교사도 아니야!"

"어, 어어……?"

"아무쪼록 협력하게 해다오! 내가 할 수 있는 일이라면 뭐든지 하마!"

'……이 인간은 왜 또 오늘따라 교육에 열심인 열혈 교사 모드가 된 걸까?'

하지만 이제 퇴로가 없었기에 각오를 다졌다.

"그, 그럼…… 잘 부탁드릴게요. 선생님."

"음!"

"지금부터 제가 선생님께 최면 마술을 걸게요. 최면 상태에 빠지면 의식 레벨이 떨어져서 그 사이에 있었던 일을 전부 기억하지 못하게 되는데…… 괜찮으시겠어요?"

"그래. 그 정도는 문제없어."

글렌은 씨익 웃더니 장난스럽게 말했다.

"다만, 내가 자는 동안 이상한 짓은 하지 마라?"

가슴이 철렁한 시스티나는 얼굴이 새빨개졌다.

"제, 제가 그런 짓을 할 리 없잖아욧!"

"하핫, 미안! 미안! 농담이야! 그럼 어서 시작해보자고!"

"아, 예……."

심호흡을 한 시스티나는 글렌의 눈앞에서 왼손을 폈다.

그리고 조용히, 천천히 주문을 영창했다.

"《육체에 휴식을·마음에 평안을·그 의식은 잠들지어

다》……."

백마 【슬립 사운드】의 개변 주문. 피술자의 의식을 일종의 최면 상태에 빠지게 만드는 마술이었다.

스스로 실험대가 되기로 나섰기에 마술에 저항하지 않은 글렌의 의식은 아주 쉽게 최면 상태에 빠졌다.

"……."

10초도 채 지나지 않아서 공허한 눈으로 허공을 쳐다보며 움직임을 멈춘 것이다.

"서, 선생님……? 제대로 걸리신 거죠?"

시스티나는 그런 글렌의 얼굴 앞에서 손을 흔들거나, 동공을 확인하거나, 말을 걸어서 제대로 최면이 걸렸는지 확인했다.

"……조, 좋아!"

아무튼 중요한 건 이제부터였다.

"선생님이 최면에 빠지신 동안…… 어떻게 해서든 러브신의 경험을 쌓아보는 거야! 이건 취재라구! 취재!"

완벽한 본말전도였다.

"서, 선생님을 상대역으로 고른 거에 별다른 뜻은 없어! 아니, 애초에 이런 부탁을 할 수 있는 건 선생님밖에 없으니 어쩔 수 없잖아! 응! 어, 어쩔 수 없었던 거야! 맞아!"

듣는 사람이 아무도 없는데 바쁘게 변명을 늘어놓은 시스티나는 왠지 모르게 달아오른 뺨을 두드리며 다시 기합을 넣었다.

"자, 그럼 러브신…… 다시 말해, 연인끼리 꽁냥대는 장면의 경험이니까…… 이, 일단 거리에서 나란히 걸을 때 서로 손을 까, 깍지 끼고 걷는 것부터 시작해볼까?"

그리고 조심스럽게 최면에 빠진 글렌의 옆에 서서 그와 손깍지를 낀 순간.

"으~!"

시스티나는 머릿속이 펑 하고 폭발하는 것만 같았다.

가슴이 크게 뛰고, 마치 구름 위에 떠 있는 기분이었다.

"그, 그래. 이런 기분이 드는 거구나? ……이. 이건 좀 부끄럽네. 아무도 안 보는데 말야. 자, 그럼 다음은……."

다음은 여자 쪽이 뒤에서 연인을 끌어안는 경험이었다.

"스읍~ 하~."

글렌의 뒤에 서서 심호흡을 한 후, 몸을 던져서 밀착한 순간.

"으~?!"

조금 전보다 거센 열기와 동요에 온몸이 파르르 떨렸다.

'위, 위험해! 이건 진짜 위험해!'

눈이 정신없이 핑핑 도는 와중에 이런 생각이 들었다.

이대로 글렌의 온기에 감싸여 온몸이 초콜릿처럼 녹아버리는 게 아닐까 하는…….

"아, 아으으으~! 아, 아니, 아니야! 이건 어디까지나 취재! 작품을 위한 취재라구!"

이미 완전히 혼란 상태에 빠진 시스티나였다.

그 후로도 취재는 계속되었다.

"아, 안 돼요! 선생님! 그, 그렇게 강하게 안으시면……! 앗!
으읍!"
최면에 빠진 글렌에게 명령을 내려서 정면에서 꽉 껴안기
거나.

"이건 전에도 경험이 있지만…… 다시 해보려니, 으으……."
공주님 안기를 당하거나.

"어, 얼굴이 가까워. 허벅지에 머리의 무게와 감촉이, 으
으……."
글렌에게 무릎베개를 해주는 등, 일반적인 연인 관계에서
경험할 수 있는 장면을 모조리 시험해봤다.
그때마다 가슴이 참을 수 없이 뛰어서 심장이 터질 것만
같았다.
몸이 기분 좋게 둥실둥실 떠 있는 것 같았고, 머리는 완전
히 열 폭주를 일으켜서 뇌가 녹아버릴 것만 같았다.
"후우~! 후우~! 이, 이걸로 어지간한 건 대충 다 해본 거
지? 하, 하지만…… 아직 그게 남았는데……."

그렇다. 연인의 러브신에서 빠트릴 수 없는 그것.

바로 키스신이었다.

"……"

시스티나는 슬쩍 시선을 내렸다. 그곳에는 지금 자신의 허벅지를 베고 누운 글렌의 얼굴이 있었다.

그의 입술에 눈이 간 순간.

"무, 무무무, 무리야! 무리! 이것만은 안 돼!"

시스티나는 고개를 붕붕 저으며 몸부림쳤다.

"그, 그치만…… 미스티나 씨의 기대에 부응하려면…… 그, 그래. 실제로 키스까진 하지 말고 바로 직전에 멈추는 것 정도라면…… 응! 그걸로 타협하는 거야! 결정!"

각오를 다진 시스티나는 글렌의 얼굴을 향해 천천히 몸을 숙였다.

'아, 아하……. 이, 이, 이런 느낌이구나? 확실히 이건 경험하지 않으면 알 수 없겠어.'

억지로 자신을 타이르면서 천천히 입술을 가까이 댄 순간.

두근!

심장이 한층 더 크게 뛰더니 머릿속이 완전히 새하얗게 물들었다.

'……어?'

동시에 이런 충동이 전신을 지배했다.

─이대로 끝까지 가버리고 싶다.

마치 의식과 신체가 괴리된 것 같은 감각이 이성을 거침없이 날려버린 것이다.

그래서 글렌의 입술과 가까워지는 움직임이 멈추지 않았다. 아니, 멈출 수 없었다.

'아, 안 돼!'

뜨거운 물살 같은 충동에 모든 것을 맡긴 채 둘의 입술이 포개지려 한 바로 그 순간.

철컥.

"아, 시스티나. 찾았다."

"그만 집에 가자, 시스티. ……시스티?"

교실 문이 열리며 리엘과 루미아가 등장했다.

"꺄야아아아아아아아아아아아아아아아아아아아아아악!"

덕분에 충동에서 벗어난 시스티나는 황급히 몸을 일으켰고, 그 탓에 글렌의 머리는 교실 바닥으로 떨어졌다.

"아야야…… 응? 아~ 마술 연습이 끝난 건가?"

떨어진 충격으로 최면이 풀린 글렌은 몽롱한 얼굴로 고개를 저었다.

"어? 시스티. 지금 뭐 하고 있었던 거야? 연습이라니?"

루미아와 리엘이 고개를 갸웃거렸다.

"아아아아, 아니아니아니아무것도아냐아아아아아아아아!"

그 후 이상할 정도로 얼굴이 새빨개진 시스티나가 속사포처럼 변명을 쏟아냈지만, 글렌이 증언해준 덕분에 상황은 무사히 수습되었다.

"……이번 내용은 정말 훌륭해요."

카페에서 시스티나가 가져온 소설을 읽은 미스티나는 상기된 얼굴로 절찬했다.

"러브신에 생동감이 넘쳐요. 『미스티나』의 풋풋한 연심이 굉장히 잘 묘사되어 있어서 읽는 저까지 가슴이 두근거릴 정도였는걸요. 작가분께선 분명 멋진 사랑을 경험하신 거겠죠."

"하, 하하하…… 그런가요?"

시스티나는 뺨을 실룩이며 국어책 읽듯 대답했다.

"그건 그렇고…… 이 이야기도 슬슬 중요한 대목이네요."

미스티나는 원고를 소중하게 덮으며 감회 어린 목소리로 말했다.

"그, 그러게요. 앞으로 1, 2화 정도면 완결이겠죠."

"교사와 학생의 금단의 사랑…… 하지만 시대와 상황이 둘의 사랑이 이루어지는 것을 용납하지 않겠죠. ……이건 분명 그런 이야기일 테니까요."

"예?"

미스티나의 예상을 들은 시스티나는 눈을 깜빡일 수밖에 없었다.

"지금까지의 흐름상 둘이 행복하게 맺어지는 복선이 전혀 없었으니…… 분명 씁쓸한 결말로 끝나겠죠. 어렴풋이 예상 하기는 했지만, 이렇게 쭉 따라온 작품이 배드엔딩을 맞이 하는 건 역시 안타깝네요. 작품의 완성도를 위해선 그런 식 으로 끝맺을 수밖에 없겠지만요."

"……."

시스티나는 입을 다물었다.

'……어? 어라? 배드엔딩? 난 완벽한 해피엔딩으로 끝낼 예정이었는데……?'

하지만 일반적인 독자의 시점에서 보면 아무래도 배드엔 딩 쪽이 완성도가 높은 결말인 모양이었다.

'배드엔딩 쪽이 더 낫다고? 하, 하지만 나는……'

"이번에도 정말 재밌었어요, 시스티나 양. 친구분께 결말 도 기대하고 있다고 꼭 전해주세요."

그런 시스티나의 속내를 알 리 없는 미스티나는 부드럽게 웃으며 말했다.

다음 날.

"내 알 바냐. 그 소설 쓰기가 취미라는 친구한테는 맘대로 하라고 전해."

"……너무해."

학교에서 글렌에게 상담해봤지만, 돌아온 것은 그런 매몰찬 대답이었다.

"좀 더 진지하게 생각해주시면 안 돼요? 걔 지금 진심으로 고민하고 있다구요."

"너 말이다. 그야 프로 작가나 상업용 소설이면 또 모르겠다만…… 소설에는 원래 정해진 형식이라는 게 없어."

그래도 시스티나가 물고 늘어지자, 글렌은 그렇게 대답했다.

"『소설이 쓰이고 또 읽히는 것은 인생이 단 한 번뿐인 것에 대한 저항이기 때문이다』……다른 누군가의 인생을 체험해볼 수 있다면 그건 이미 훌륭한 하나의 이야기야. 내용이 아무리 재밌건 없건 중요한 건 쓰는 사람이 어떤 걸 쓰고 싶냐 잖아? 안 그래?"

"그건……."

"굳이 조언한다면 그 녀석한테는 바꾸지 말라고 전해. 독자가 아무리 강하게 요구한다고 해도 작가가 쓰고 싶지 않은 걸 쓴다면 남는 건 후회밖에 없어. 창작이란 건 원래 그런 거라고."

"……."

시스티나는 고뇌했다.

어떤 식으로 결말을 맺어야 할지 고뇌하고, 또 고뇌했다.

—글을 쓰는 것에 대한 당신의 정열은 전해지지만, 즉흥적인 아이디어와 기세에 지나치게 의존하고 있습니다. 글의 콘셉트와 개연성을 좀 더 고려하시길.

그리고 고뇌 끝에 시스티나가 내린 결론은—.

………….

"……역시 이런 결말을 맞이하는 거군요."

같은 카페, 같은 자리에서 마지막 원고를 읽은 미스티나는 숨을 내쉬었다.

"역시 주인공인 소녀는 마지막 순간에 용기를 내지 못한 거네요. ……주인공과 상대역인 청년은 맺어지지 못하고, 나라를 위해 부모가 정한 약혼자와 결혼한 주인공은 청년과의 즐거웠던 나날을 아름다운 추억으로만 남기는……."

"어, 어떤가요? 제 친구도 어떤 식으로 끝낼지 엄청 고민하던 거 같던데……."

시스티나가 조심스럽게 물어보자, 미스티나는 방긋 웃으며 대답했다.

"예, 재밌었어요. 무척 슬프고 안타깝지만, 깔끔한 결말이었죠. 제 인생작 중 하나라고 단언할 수 있겠네요."

"그, 그런가요?!"

기뻤다. 설마 이런 높은 평가를 받을 줄 몰랐기 때문이다.

'결국 엔딩 노선을 바꾸고 말았지만, 역시 중요한 건 독자가 원하는 전개와 개연성이니까!'

그 탓에 미련과 답답함이 가슴에 응어리처럼 남았지만, 분명 어쩔 수 없는 일이리라.

이것이 작가로서의 올바른 선택이었을 테니까.

시스티나가 그렇게 생각한 순간.

"다만……."

미스티나의 표정이 갑자기 흐려졌다.

"예? 다만……?"

"……으응, 아무것도 아니에요. 개인적인 일이니까 신경 쓰지 마세요."

"……?"

"아무튼 이 작품을 쓰신 친구분께 전해주세요. 무척 훌륭한 작품이었으니 앞으로도 열심히 써주시길 바란다고……."

"아, 예! 반드시 전할게요!(이미 전해졌지만요)"

하지만 작품을 칭찬받은 것이 기뻤던 시스티나는 그런 미스티나의 변화를 눈치채지 못했다.

며칠 후.

"……완전 슬럼프야."

시스티나는 자기 방에서 새하얀 원고지를 앞에 둔 채 머리를 싸매고 있었다.

글이 전혀 나오지 않았다.

얼마 전까지만 해도 시간 가는 줄 모르고 즐겁게 썼건만, 지금은 쓰는 것 자체가 고통이었다.

"원인은 대충 알 것 같은데……."

미스티나를 위해 전작의 결말을 억지로 틀었기 때문일 터.

자신은 그때의 미련을 아직도 질질 끌고 있는 것이리라. 그래선지 앞으로도 독자를 위해 같은 일을 반복해야 한다고 생각하니 괴로워서 글을 쓸 수가 없는 것이리라.

"……후우~ 역시 안 되겠어. 미스티나 씨한테 좀 상담해 볼까?"

마침 늘 만나던 요일과 시간대였다.

피벨 저택에서 나온 시스티나는 독서 카페를 향해 발길을 옮겼지만…….

"예에에에에에에에?! 이젠 못 오신다구요? 미스티나 씨가?"

아무리 기다려도 미스티나가 오지 않아서 당혹스러워 하는 시스티나에게 카페의 점주가 전한 것은 그런 경악스러운 사실이었다.

"왜, 왜요?! 미스티나 씨는 대체 왜……."

"미스티나 양이 이 도시의 명가 캐롤라인가의 영애라는

건 아가씨도 알지?"

"아, 예. 그건 뭐……."

"……실은 이제 곧 결혼할 예정이라고 하더구나. 꽤 오래 전부터 정해진 혼담이라고 하더군."

"……예?!"

"상대는 어딘가의 귀족 나리. 이런저런 나쁜 소문이 끊이지 않고 호색한으로 유명하며 나이 차가 서른이나 나는 남자라지 뭐냐."

"예에?! 뭐예요 그게! 미스티나 씨가 그런 결혼을 원할 리가……!"

"그래. 원했을 리가 없겠지. 이건 완전히 부모와 가문의 사정…… 즉, 정략결혼인 셈이지."

"그, 그럴 수가…… 너무해."

"아가씨뿐만 아니라 이 가게 단골들은 다들 같은 심정이란다. 그런 마음씨 고운 아가씨가…… 참 딱하다고 말야."

"……!"

힘없이 고개를 떨군 시스티나에게 마스터는 계속해서 말했다.

"사실 미스티나 양에겐 연인이 있었지."

"예?"

"어릴 때부터 신세를 진 가정교사였다더군. 한때는 진심으로 사랑의 도피를 고민했는지 상대도 그녀의 행복을 위해서 각오를 다지고 둘의 장래를 위해 이런저런 준비를 했었다나 봐. ……하지만 그녀는 결국 부모의 뜻을 거스를 용기가, 상대의 손을 잡고 집을 나갈 용기가 나질 않았다고 하더구나. 서로 진심으로 사랑했는데도 말이지."

"……."

어째서일까. 지금 이 순간, 시스티나가 느낀 것은 왠지 모를 기시감이었다.

이 이야기는, 이 배경은…….

"그러고 보니 이런 말도 했었지. 『만약 그 아이가 가져다 주는 소설의 주인공이 용기를 내서 해피엔딩을 맞이한다면…… 나도 용기를 내볼까』라고."

"……?!"

시스티나는 경악할 수밖에 없었다.

―거기다 이 작품의 주인공인 소녀, 『미스티나』의 심정에 무척 공감이 됐거든요.

자신이 쓴 허접한 소설이 그녀의 마음을 사로잡은 이유를 이제야 비로소 깨달았기 때문이다.

그녀는 소설의 『미스티나』에게 자신의 상황을 겹쳐보고 있었던 것이었다.

'하, 하지만…… 내가 엔딩을 바꿔버리는 바람에……!'

물론 시스티나에게 책임은 없었다. 이 모든 것은 결국 자신의 장래임에도 용기를 내지 못했던 미스티나의 책임이었기에.

'그래도 난……!'

그 순간.

"호오~? 여기가 그 독서 카페인가? 흐응~ 설마 이 도시에 아직도 내가 모르는 가게가 있었을 줄이야."

"예. 저도 최근에 알게 돼서…… 실은 시스티도 데려오고 싶었는데 오늘은 선약이 있다나 봐요."

"응. ……여기도 딸기 타르트, 있을까?"

왠지 귀에 익은 목소리가 들렸고, 낯익은 얼굴이 가게로 들어왔다.

"……응? 하얀 고양이?!"

"어, 어라? 시스티, 어떻게 여길……."

"서, 선생님?! 루미아? 리엘까지!"

셋의 갑작스러운 등장에 시스티나는 눈을 깜빡였다.

하지만 곧 마음을 가라앉힌 그녀는 뭔가를 결심한 듯 글렌에게 다가가 고개를 숙였다.

"선생님…… 정말 갑작스러우시겠지만, 부탁드리고 싶은 일이 있어요!"

"하, 하얀 고양이……?"

그러자 글렌은 대체 무슨 일인가 싶어 눈을 휘둥그레 뜰 수밖에 없었다.

....

페지테 동부에 있는 고급 주택가.

캐롤라인가의 저택은 상류계층과 귀족과 명문 마술사들이 즐비한 이 지역에 자리 잡고 있었다.

현재 저택 앞마당에는 호위들이 철통같이 지키는 화려하게 치장된 마차가 대기 중이었고, 그 옆에는 행장을 꾸린 미스티나와 부모로 추정되는 인물들이 서 있었다.

"하하, 드디어 내 딸이 시집을 가는 날이 왔구나!"

"하물며 남편이 그 유명한 지방 귀족 카마스가의 당주님이라니! 미스티나가 좋은 혼처를 찾아서 정말 다행이지 뭐예요!"

"......"

미스티나는 부모의 말을 묵묵히 흘려들었다.

"허허허! 카마스가의 힘이면 우리 캐롤라인 가문도 더더욱 번창하겠지! 이젠 부와 장래가 약속된 거나 다름없겠어!"

"예, 그렇고말고요! 미스티나도 그딴 평민 출신 가정교사보다 카마스가에 시집가는 쪽이 훨씬 더 행복할 거랍니다."

"그래, 미스티나야. 그런 보잘 것 없는 남자 따윈 빨리 잊으려무나. 제국 관료 시험에 합격했다지만, 그래봤자 평민.

아무렴 그런 천한 출신 따윈 내 딸에게 어울리지 않아!"

"자자, 미스티나…… 오늘은 네가 집을 떠나는 날이니 얼굴이나 좀 더 보자꾸나."

"……."

하지만 미스티나가 대답하지 않고 침묵을 관철한 순간.

"미스티나 씨!"

어디선가 시스티나가 달려왔다.

"……시, 시스티나 양?"

미스티나는 눈을 휘둥그레 뜰 수밖에 없었다.

"뭐, 뭔가. 자네는."

"후우~ 서민이 우리 딸에게 무슨 용건이죠? 누가 좀 빨리 쫓아내세요."

미스티나의 부모는 짜증스럽게 반응했다.

"에잇, 시끄럽거든요?! 전 피벨 가문의 영애! 그 피벨의 일원이라구요! 어서 길을 비키세요!"

그래서 결국 어쩔 수 없이 신분을 밝힐 수밖에 없었다.

"피, 피벨?! 이 페지테의 전통 있는 대지주 가문이자, 그 마술 명문가인……?"

하지만 효과는 극적이었다.

아무튼 가문의 격만 따지고 보면 피벨가가 캐롤라인가보다 위였기 때문이다.

그래서 시스티나는 호위의 방해 없이 미스티나에게 다가

설 수 있었다.

"······시스티나 양, 대체 왜 여길······."

아연실색한 미스티나에게 시스티나는 원고를 불쑥 내밀었다.

"······우선 지금 당장 이걸 읽어주세요."

시스티나의 진지한 눈을 본 미스티나는 반사적으로 그 원고를 받을 수밖에 없었다.

잠시 후.

"이건 제가 읽었던 소설······ 하지만 이 결말은······."

소설을 끝까지 읽은 미스티나는 완전히 넋을 잃고 있었다.

"예, 해피엔딩이죠. 그게 이 소설의 진짜 결말이었어요."

"······?!"

그 말에 미스티나는 입을 떡 벌렸다.

"······풋!"

하지만 곧 참지 못하고 웃음을 터트렸다.

"푸흡, 뭐예요 이게. 마지막에 주인공이 연인과 힘을 합쳐서 적들을 모조리 때려눕히는 전개라니······ 아하하! 완전 엉망진창이잖아요. 복선과 개연성은 눈곱만큼도 찾아볼 수 없는 막장······ 그래도."

미스티나는 눈가에 맺힌 눈물을 훔치며 말했다.

"······정말 재밌었어요."

그러자 시스티나는 고백했다.

"지금까지 속여서 미안해요. ……사실 이 글의 작가는 저예요."

"……!"

"하지만 당신의 기대에 부응해주고 싶어서 엔딩을 바꾼 걸…… 전 줄곧 후회하고 있었어요."

"……그랬군요."

"그리고 미스티나 씨…… 당신 사정도 들었어요. 원래는 나이 어린 제가 참견할 일이 아니겠지만…… 전 미스티나 씨가 후회하지 않았으면 해요! 왜냐하면 당신은 제 작품의 처음이자…… 단 한 명뿐인 팬이니까요!"

"시스티나 양……."

"결말을 바꾸면 남는 건 정말 후회뿐이에요! 제가 쓴 이 삼류 소설의 결말조차 그랬는걸요! 그런데 하물며 결혼은…… 그러니 미스티나 씨! 이게 만약 정말로 원치 않는 결혼이라면 용기를 내주세요! 당신의 연인도 분명 당신을 기다리고 있을 테니까요!"

"저, 저는……."

미스티나가 몸을 떤 순간.

"미스티나!"

선량한 외모의 청년이 그 자리에 난입했다.

"로크 씨?!"

미스티나는 그 청년을 보자마자 놀라서 굳어버렸다.

"후~ 다행이다. 글렌 선생님이 늦지 않으셨어."

시스티나가 안도의 한숨을 내쉬는 한편, 청년과 미스티나는 가까이에서 서로를 마주 보았다.

"로크 씨, 왜 당신이 여길……."

"미스티나…… 난 역시 널 포기할 수 없어!"

미스티나의 전(前) 가정교사이자 연인인 로크는 필사적으로 호소했다.

"주제넘은 말이라는 건 알아! 그래도 미스티나…… 내가 반드시 널 지켜줄게! 행복하게 해줄게! 그러니…… 부디 용기를 내서 날 따라와 줘!"

"아……."

그 순간, 미스티나의 눈에서 눈물이 한 방울 흘러내렸다.

"……고마워요, 시스티나 양. 저도 이제야 겨우 결심이 선 것 같아요."

그리고 정면에서 로크에게 와락 안겼다.

"우, 웃기지 마라!"

하지만 미스티나의 부모로서는 도저히 받아들일 수 없는 전개였던 모양이다.

"미스티나! 넌 귀족 가문의 결합을 대체 뭐라고 생각하는 거냐!"

"그래! 네가 카마스로 시집을 가야 우리에게 부와 명예가……!"

"죄송해요. 아버지, 어머니. 저는…… 이 남자를 따라가겠어요."

"그런 평민 따윈 인정 못 해! 에잇, 어서 저것들을 붙잡지 못하겠느냐!"

미스티나의 부모가 명령한 사병들이 그들을 포위한 순간.

"으라차아아아!"

"이야아아아압!"

""""으아악!""""

갑자기 등장한 글렌의 주먹과 리엘의 대검이 사병들을 추풍낙엽처럼 쓸어버렸다.

"선생님! 나이스 타이밍!"

"나 원, 뜬금없이 누굴 좀 찾아달라지 않나! 같이 좀 싸워달라지 않나! 진짜 사람 거칠게 부려먹는 학생이구만!"

하지만 글렌은 내심 기쁜 표정으로 리엘과 함께 사병들을 차례차례 쓰러트렸다.

"그래도 선생님은 이런 거 싫지 않으시죠?"

시스티나도 돌풍을 일으키는 주문으로 글렌을 지원했다.

"훗! 그래! 난 심오하고 씁쓸한 배드엔딩보단 다소 억지성 전개라도 해피엔딩 쪽이 훨씬 더 맘에 들거든!"

글렌과 시스티나는 서로를 향해 씨익 웃었다.

한편, 미스티나와 로크는 갑자기 벌어진 난장판 속에서 정신을 차리지 못하고 있었다.

"미스티나 씨! 로크 씨! 이름이에요! 이쪽으로 오세요!"

그러자 어디선가 나타난 루미아가 둘을 데리고 움직였다.

"고마워요, 시스티나 양!"

미스티나는 떠나면서 그렇게 외쳤다.

"……당신을 만나서 다행이에요! 정말 고마웠어요! 그럼 언젠가 다시 당신의 작품을 읽게 될 날을 기대할게요!"

그 말을 들은 시스티나는 돌아보지 않은 채 조용히 엄지를 세워들었다.

그리고 세월이 흐른 어느 날, 마술학원의 2학년 2반 교실.

"아, 선생님. 미스티나 씨랑 로크 씨, 얼마 전에 지방에서 무사히 결혼식을 올리셨대요."

"오, 그래?"

시스티나는 편지로 읽은 미스티나와 로크의 근황을 글렌에게 전했다.

"로크 씨도 무사히 지방청에 취직한 덕분에 이젠 생활도 안정됐대요. 왠지 글에서도 두 분의 행복이 전해지는 것 같은 거 있죠?"

"칫, 리얼충…… 그냥 폭발이나 해버리라지."

말은 그렇게 해도 얼굴은 웃고 있었다.

"이번엔 정말 여러모로 감사했습니다. ……진짜 여러모로요."

그렇게 말한 시스티나는 기지개를 펴고 자리에서 일어났다.

"응? 어디 가려고?"

"비밀이에요♪"

그리고 장난스럽게 웃으며 교실을 나갔다.

"……응. 역시 소설을 쓰는 건 정말 즐거운 일이야. ……그런데 최근엔 상을 타는 거에만 얽매여서 완전히 잊고 있었어."

경쾌한 발걸음으로 거리를 걷는 시스티나의 목적지는 예의 그곳이었다.

"미스티나 씨 덕분에 다시 떠올릴 수 있었어. ……그래, 맞아. 내가 쓰고 싶은 걸 쓰자. 남들이 어떤 평가를 내리든 신경 쓸 것 없어. 왜냐하면 글을 쓴다는 건 그 행위 자체가 무척이나 즐거운 일이니까……."

그렇다면 이제 생각할 것은 다음 작품이다.

아직 플롯도 설정도 정해진 것은 아무것도 없지만, 주인공인 소녀와 상대역의 이름은 정해졌다.

셀피나와 그레이.

"……역시 내가 쓰고 싶은 걸 써야겠지?"

그렇게 즐거운 얼굴로 혼잣말을 중얼거린 시스티나는 오늘도 의기양양하게 독서 카페 『뮤즈 라이브러리』의 문을 두드렸다.

마도탐정 로잘리의
사건부 · 허영편

Sorcerous Detective Rosary's Case Files: The Tale of Vanity

Memory records of bastard
magic instructor

—페지테에 강림한 기적의 마도탐정 로잘리 디터트.

—이번에도 괴기사건의 암중에 숨겨진 진실을 파헤친 날카로운 두 눈.

—그녀의 영혼이 떨리는 때가 사악한 자들의 통곡이 림보(Limbo)에 울려 퍼지는 때.

—어쩌면 그녀야말로 하늘께서 이 현실 세계에 내려주신 셜록일지도.

꾸깃꾸깃꾸깃!

오로지 극찬하는 기사 제목만 나열된 신문을 그 인물은 분노를 담아서 마구 구겨버렸다.

"로, 로잘리 디터트으……!"

명문 귀족 출신의 초일류 마도사이면서도 소탈하고 상냥한 인품. 주로 서민의 의뢰를 솔선해서 받는 것으로 알려졌으며, 일반적인 마도탐정이라면 코웃음치고 거절할 법한 낮은 보수의 간단한 의뢰— 애완동물을 포함한 분실물 찾기 등 —가 대부분이나 놀랍게도 그 성공률은 백 퍼센트. 아무리 간단한 의뢰라지만, 이 경이로운 수치는 그녀가 얼마나 탁월한 기량의 마술사인지를 증명하고 있었다.

하지만 그럼에도 그녀는 평범한 마도탐정들이 선호하는 고액 보수 의뢰— 예를 들면 귀족이나 부호들이 요구하는 인물 조사나 여론 조작, 괴이나 저주 관련 의뢰는 웬만해선 받지 않았다. 그것이 손쉽게 큰 이익으로 이어지는 길임에도 말이다.

거기에 의문을 가진 자들의 물음에 그녀는 『영혼이 떨리지 않아서』라고 대답했다.

그런 영문 모를 이유로 그 탁월한 마술 솜씨를 푼돈에 팔아넘기고 있다는 점에서 동업자들로부터 마도탐정으로서의 긍지도 없다는 식의 야유를 받고 있지만, 어쩌다 가끔 모두가 포기한 고난이도 의뢰나 사건을 『영혼이 떨렸다』는 이유로 받아들였을 때는 그 마술 실력과 추리력을 구사해 단숨에 해결해버리곤 했다.

그야말로 어느 대중소설의 주인공 같은 편벽스러운 모습이었지만, 대중은 오히려 그런 점에서 더 호감을 느꼈는지 이제는 완전히 페지테의 히어로 같은 취급을 받고 있었다.

"큭! 이런 영문 모를 녀석한테……! 로잘리 디테트…… 그 여자에게 어떻게든 한 방 먹일 방법은 없는 건가…… 제길!"

그리고 로잘리에게 악감정이 있는 것 같은 그 인물은…….

───.

"냉, 큼, 꺼, 져어어어어어어어어어어어!"

인적 드문 알자노 제국 마술학원의 뒤뜰에 글렌의 고함이

메아리쳤다.

"그걸 어떻게 좀! 자비를! 제발 자비르으으으으으으을!"

그러자 곧 로잘리의 비통한 애원이 섞여들었다.

지금 그녀의 모습을 한 마디로 표현한다면 오체투지. 로잘리는 마치 천사처럼 우아한 점프에서 이어지는 완벽한 오체투지 자세로 글렌에게 머리를 조아리는 중이었다.

"최근 페지테를 떠들썩하게 한 수수께끼의 괴도 체포 의뢰?! 지금 장난해? 난 경비관이 아니라고!"

"그! 그걸 어떻게 좀! 이번 의뢰는 오랜만에 『영혼이 떨렸다』구요오! 그, 그러니 이건 제 목숨을 걸고 받을 수밖에 없는 의뢰라고 생각하시고……!"

"떨리는 건 네 영혼이 아니라 지갑이겠지! 가벼워서! 그야 목숨을 걸 수밖에 없겠지! 이러다 굶어 죽게 생겼으니까!"

글렌이 거침없이 태클을 걸자 로잘리는 살짝 고개만 들어서 안색을 살폈다.

"전 평소에는 이런 비싼 의뢰는 못 받잖아요? 마술 실력이 완전 허접한 삼류니까요. 그래서 평소엔 분실물 찾기 의뢰만으로 겨우 먹고 살지만요."

"뭐, 넌 펜듈럼 다우징 실력만큼은 확실하니 말이지! 아니, 애초에 그것 외엔 할 줄 아는 게 없지만!"

"그런데 이달엔 잔고가 진짜 바닥나서 꼭 선배의 힘을 빌리고자……!"

"에라이! 이번엔 대체 뭘 샀길래 그래?"

"니파에 이 인버네스 코트를 새로 맞춤 주문했고, 라토레의 고급 향수도 샀어요! 저한테서 좋은 향기가 나지 않나요? 이 향기를 맡으면 마음의 허기가 채워진달까……."

"배부터 채워 이 멍청아!"

글렌은 가차 없이 로잘리의 머리를 짓밟았다.

"아, 아무튼 제바알~! 전 선배의 도움 없이 비싼 의뢰는 해결 못 한다구요오! 이번에도 좀 도와주세요오~! 전 선배가 없으면 안 된다구요오~!"

그렇다. 사실 여태껏 로잘리가 해결한 난제들은 대부분 마침 그때 우연히 조수로 있었던 글렌의 공적이었던 것이다.

"너 말이다……. 내가 대체 언제까지 네 뒤치다꺼리를 해 줘야 하는 건데? 슬슬 현실을 직시하고 좀 더 제대로 된 직장에 취직을……."

"큭, 알았어요. 그럼 저도 슬슬 결정을 내릴 수밖에 없겠네요. ……선배한테 영구 취직하겠습니다! 세탁이든 요리든 청소든 뭐든 다 할게요! 저도 일단은 귀족이니 선배도 분명 기쁘시겠죠? 그러니 남편으로서 제 일에 협력을……."

"누가 너 같은 산업 폐기물을 받아주기나 한데?!"

"너무해!"

글렌은 발밑에서 버둥거리는 로잘리를 흘겨보며 머리를 긁적였다.

'……뭐, 그래도 보수는 제대로 분할해주니 만년 가난뱅이인 내 입장에서도 딱히 나쁠 건 없긴 한데…… 그래도 이 녀석, 어떻게 좀 갱생할 여지가 없으려나?'

졸업 후에도 계속 의지하려고 드는 후배의 존재에 절로 한숨이 나온 순간.

갑자기 로잘리가 용수철처럼 몸을 튕기며 벌떡 일어났다. 그리고 흐트러진 머리와 복장을 고치고 먼지를 털어내나 싶더니만 근처 나무에 눈을 감은 채 등을 기대며 쿨하게 팔짱을 끼고 이렇게 말했다.

"그래서? 결국 조수를 맡아주겠다는 건가요? 글렌 군."

"응? 앤 또 갑자기 왜 이래? 징그러워."

지금까지의 한심스러운 꼬락서니와는 정반대로 갑자기 위풍당당한 태도를 견지하는 후배를 본 글렌이 표정에 한껏 혐오감을 드러낸 순간.

"아아아아아아아아아아앗?!"

어디선가 비명이 울려 퍼지더니 여러 명의 발소리가 빠르게 가까워졌다.

"당신은 혹시…… 그 로잘리 디터트 씨?!"

"……로잘리? 시스티나가 맨날 칭찬했던 굉장한 사람?"

"아, 아하하…… 오랜만이네요. 로잘리 씨."

그들의 정체는 흥분한 기색으로 뺨이 상기된 시스티나와, 평소와 다름없는 졸린 것 같은 무표정으로 고개를 살짝 갸웃거리는 리엘과, 이미 로잘리와 일면식이 있었던 루미아였다.

"너, 너희들……."

'아, 그런 거였어?'

글렌이 로잘리를 노려봤지만, 본인은 태연자약했다. 사실 외모나 차림새만 놓고 보면 『유능 그 자체』인 인간처럼 보이긴 했다.

'진짜 자기 평판 관리 하나만큼은 철저하구만!'

그렇게 글렌은 속으로만 투덜거렸다.

"로, 로잘리 씨 맞죠?! 진짜 로잘리 씨죠?! 신문이나 잡지의 사진이 아니라 진짜…… 우와~! 우와~!"

시스티나는 눈을 반짝거리며 부산을 떨었다.

사실 그녀는 마도탐정 로잘리가 활약한 기사를 전부 스크랩할 정도의 광팬이었기 때문이다.

'……진실을 모른다는 건 무섭구만.'

글렌은 눈앞이 깜깜해졌다.

한편, 로잘리는 쿨한 포즈를 유지한 채 일부러 한쪽 눈만 뜨고 말했다.

"이거 참, 노린 건 아니지만 저도 제법 유명해진 것 같네요. 예, 맞아요. 아마도 제가 당신이 아는 그 로잘리 디터트. 하지만 굳이 이름을 대고 다닐 정도의 인간은 아니랍니다."

'그야 실상은 허접이니까.'

"아무튼 전 그냥 마음 가는 대로 수수께끼를 풀고 싶을

뿐. 그걸 빼면 시체나 다름없는 여자라 전부 자기만족일 뿐이니까요."

'그거라도 안 하면 굶어 죽은 시체가 될 테니 말이지.'

"여, 역시 프로 중의 프로……."

"응. 잘 모르겠지만, 왠지 굉장한 거 같아."

"아, 아하하……."

시스티나가 한층 더 강하게 동경하는 시선을 보내고 리엘이 눈을 휘둥그레 떴지만, 진실을 아는 루미아는 혼자 쓴웃음을 흘렸다.

"그런데! 왜 선생님이 로잘리 씨랑 같이 계신 거죠?"

"아, 그건 말이지……."

"사실 글렌 씨는 제 선배거든요. 이 마술학원에 다니던 시절에요."

글렌이 뭐라 설명해야 좋을지 망설이자, 로잘리가 그 한순간의 틈을 노리고 끼어들었다.

"예에에에에에?! 선배? 선생님이 로잘리 씨의? 처, 처음 알았어!"

"예. 그래서 그 인연으로 자주 제 조수를 맡아주시고 있답니다."

"조, 조수~?! 선생님이 로잘리 씨의 조수?! 세상에!"

로잘리의 발언에 일일이 과장스럽게 반응한 시스티나는 글렌에게 대뜸 따지고 들었다.

"선생님! 혹시 로잘리 씨의 일을 방해하거나 하신 건 아니죠? 제대로 진지하게 도와드린 거 맞죠?"

그러자 로잘리는 여유 있는 태도로 대화에 끼어들었다.

"걱정하지 마세요. 선배에겐 늘 신세지고 있으니까요. 사실 여기서만 하는 얘긴데, 선배가 없었으면 그 많은 사건들을 해결하지 못했을 거랍니다. 그러니 선배를 너무 괴롭히지 말아주세요."

"에이~ 그럴 리가…… 들으셨죠? 선생님. 왠지 엄청 티 나게 감싸주시네요? ……후우~ 정말이지. 실제 사건 현장에선 어떠셨을지 눈에 선하네요."

"사실이다만."

글렌은 머리가 지끈거렸다. 풍문으로만 들은 로잘리의 모습에 심취한 시스티나는 그녀의 발언을 전부 확대 해석했다.

"아! 그럼 두 분이 이렇게 같이 계신다는 건……!"

"예, 맞아요. 제 입맛에 맞는 대형 사건 의뢰가 들어왔거든요. 그래서 선배에게 조수로 동행해달라고 부탁하던 참이었어요."

"사건?! 로잘리 씨가 사건을?! 그렇다는 건 오랜만에 『영혼이 떨리신』 거군요? 우와~ 응원할게요! 그건 그렇고……."

시스티나는 부러워하는 눈으로 글렌을 바라보았다.

"부럽다~. 로잘리 씨의 조수가 될 수 있다니…… 로잘리 씨랑 같이 사건을 맡는다니…… 진짜 너무 부러워."

"너, 제정신?"

글렌은 벌레를 씹은 것 같은 표정으로 슬쩍 귓속말을 건넸다.

"야, 너도 사실 저 녀석이 삼류 이하의 엉터리 마술사라는 건 슬슬 눈치챘지?"

"예?"

"영적인 시야로 자세히 관찰해보라고. 로잘리는……."

"그, 그게 무슨 말씀이세요!"

그러자 시스티나는 버럭 화를 냈다.

"확실히 로잘리 씨의 저 쥐똥처럼 작고 잔잔한 마력은…… 완전히 일반인 수준! 도저히 마술사로 보이지 않는 수준이죠!"

"그치? 그렇다는 건 즉……."

"예. 즉, 로잘리 씨는 본인의 강대한 마력을 완벽히 제어해서 억누르고 계신다는 거잖아요!"

"아니거든?!"

"마력이 클수록 숨기기 어려운 법인데 로잘리 씨 같은 대마술사의 마력이 일반인 수준으로 느껴진다는 건…… 다시 말해, 그녀가 엄청난 고도의 마력 제어 기술을 가진 초일류 마술사라는 증거잖아요! 그런데도 선생님은 정말이지! 대체 무슨 말씀을 하시는 거냐구요! 이건 상식이라구요! 상식!"

"텄구만. 이거."

뭔가에 빠지면 평소의 총명한 판단력을 상실하는 건 그녀의 나쁜 버릇이었다.

그래서 글렌은 어쩔 수 없이 이번엔 도움을 요청하는 눈으로 리엘을 돌아보았다.

"야, 리엘. 너라면 그 동물적인 감으로 눈치챘겠지? 저 녀석이 실은 아무 능력도 없는 일반인이라는걸."

"……응. 그렇게 보여. 검은 좀 다룰 줄 아는 것 같은데…… 빈틈투성이라 왠지 약할 거 같아. 그런데……."

하지만 리엘은 이상할 정도로 자신만만하게 로잘리를 띄워주는 시스티나를 보고 자신의 판단에 확신을 잃은 모양이었다.

"……그러고 보니 버나드가 말했어. 진정한 강자는 평소엔 빈틈투성이로 보인다고. 필요할 때만 그 빈틈을 전부 단숨에 지워버린다고."

"아니, 그건 인간의 영역을 초월한 정상급 무인한테나 해당되는 말이다만……."

"그러니 시험해볼래."

"엥?"

그리 선언한 순간.

번개처럼 돌진한 리엘은 손에 대검을 생성해서 로잘리를 향해 휘둘렀다.

그 자태는 그야말로 푸른 섬광.

"자, 잠깐! 리……!"

막을 틈도 없이 찰나에 벌어진 일이었다.

반면에 로잘리는 여전히 쿨한 포즈로 딴청을 피우느라 그런 리엘의 움직임을 눈치채지 못했다. 이대로 가면 기습을 허용하고 대형 참사가 벌어질 터.

"앗, 동전 발견. 나이스♪"

하지만 우연히, 정말로 우연히 바닥에 떨어진 동전을 발견하고 몸을 굽힌 덕분에 리엘의 가로베기는 로잘리의 등 위를 스쳐 지나갔다.

대신 조금 전까지 그녀가 등을 기대고 있던 나무가 잘려서 저 멀리 날아갔다.

"어? 뭐야. 나무가 갑자기 어디로 간 거지? 응?"

"세, 세상에! 리엘의 검을 쳐다보지도 않고 최소한의 움직임만으로 피했어?!"

나무의 갑작스러운 실종에 로잘리가 당황하는 한편, 그 장면을 목격한 시스티나는 눈을 휘둥그레 뜨고 경악했다.

"진심이었는데. ……글렌, 로잘리는 진짜야. 아마 나보다 강해."

"넌 좀 닥쳐어어어어어어어어어어어어어!"

"아파."

무표정으로 강하게 확신하는 리엘의 관자놀이에 글렌은 두 주먹으로 초고속 스핀을 선사했다.

"이렇게 된 이상…… 어쩔 수 없지!"

"어? 대체 뭐가 어쩔 수 없다는 건데? 응?"

그리고 무언가 중대한 결심을 내린 것 같은 시스티나의 표정을 본 글렌은 엄청나게 불길한 예감이 들었다. 이윽고 그녀는 새파랗게 질린 얼굴로 잘린 나무 단면의 나이테를 만지는 로잘리 앞에서 고개를 숙였다.

"로잘리 씨! 부탁이 있어요! 무리한 부탁이라는 건 알지만 이렇게 부탁드릴게요! 저를……."

아무튼 그렇게 돼서— 현재는 페지테 동쪽 지구 고급주택가에 있는 어느 귀족 저택의 응접실.

"어서 오십시오. 로잘리 디터트 님. 이번에는 제 주인님의 의뢰를 받아주셔서 정말 감사드립니다."

이번 의뢰인을 섬기는 노집사가 밝은 표정으로 응대했다.

"훗, 당연하죠."

그러자 로잘리는 소파에서 위풍당당하게 일어나더니 고급 인버네스 코트를 나부끼며 낭랑한 목소리로 선언했다.

"미스타 경의 재산을 노리는 그 발칙한 괴도는 제가 반드시 붙잡아드리죠! 이 세기의 명탐정…… 로잘리 디터트의 이름을 걸고!"

그리고 자신의 뒤에 서 있는 이들을 돌아보았다.

"그런고로! 마음의 준비는 됐나요? 내 조수들이여!"

"……."

"예! 로잘리 씨의 조수가 될 수 있다니 영광이죠! 진짜 열심히 하겠습니다!"

"응, 열심히 할게."

"아, 아하하…… 부족한 몸이지만 아무쪼록 잘 부탁드려요."

글렌은 게슴츠레한 눈으로 침묵했지만, 시스티나와 리엘이 눈을 반짝이며 활기찬 목소리로, 그리고 루미아가 쓴웃음으로 대답했다.

"홋! 정말 믿음직한 조수들이네요! 이건 이미 이긴 거나 다름없겠어요! 안 그런가요? 선배!"

"……대체 왜 이런 일이?"

"으음~?"

로잘리는 무척 기뻐보였지만, 글렌은 힘없이 고개를 떨궜고 루미아는 미묘한 얼굴을 했다.

이런 식으로 이번에는 글렌에 더해 시스티나와 리엘과 루미아까지 끌어들인 로잘리는 이 기묘한 사건을 해결하기 위해 움직이기 시작했다.

로잘리 일행은 안내하는 집사를 따라 저택 안을 걷고 있었다.

"주인님, 방금 로잘리 님이 도착하셨습니다."

이윽고 그는 의뢰인의 서재로 추정되는 방의 문을 열었다.

"저는 결단코 반대합니다!"

문이 열리고 일행을 맞이한 것은 어떤 여자의 항의하는 목소리였다.

"······응?"

자세히 보니 제복을 차려 입은 젊고 아름다운 여경비관이 풍채 좋은 신사에게 뭔가를 따지고 있었다. 계급장을 봐선 경라정(警邏正). 즉, 상급관료 시험을 상위로 통과한 엘리트인 셈이다.

'요컨대, 정말로 우수한 인재라는 뜻이지. ······우리 로잘리와는 다르게.'

글렌은 속으로 한탄했다.

"자자, 테레즈 군. 진정 좀 하게나."

"이걸 대체 어떻게 진정하라는 겁니까! 로잘리 디터트?! 경의 가보를 지키는 데 그런 어디서 굴러온 지도 모르는 인간을 포함시키다니요! 그런 말씀 마시고 부디 이번엔 우리 페지테 경라청에 전면적으로 맡겨주십시오! 미스타 경!"

여경비관 테레즈의 주장은 지극히 정당했다.

"하지만 테레즈 군······ 난 불안하단 말일세. 우리 가문에 대대로 전해지는 가보에 만에 하나라도 불상사가 생길지도 모른다고 생각하니 자네들만 믿고 맡길 수가 없지 뭔가."

"하, 하오나······!"

"나는 그 유명한 마도탐정 로잘리 군이라면 반드시 가보를 지켜주리라 확신하고 있다네."

아무래도 이번 의뢰인의 눈은 장식인 모양이었다.

"큭…… 왜지? 요즘은 모두가 입만 열면 로잘리, 로잘리…… 현장에 멋대로 끼어드는 그 방해꾼을 왜 다들 이토록 굳게 믿고 있는 거냐고!"

법과 정의의 파수꾼인 경라청보다 고작 일개 사립탐정을 의지하는 이 상황은 아무래도 엘리트인 테레즈의 자존심에 큰 상처를 남긴 듯했다.

"예전에 로잘리를 독자적으로 조사해본 적이 있는 난 알아! 사실 그 녀석은 무능하기 짝이 없는 속 빈 강정! 그러니 로잘리가 해결한 사건은 모두 우연의 산물이거나 그 녀석 대신 다른 우수한 인물이 해결한 게 틀림없어! 그런데도 왜 다들 이렇게 속고 있는 거지?!"

테레즈는 분개한 나머지 평소에 속에 담고 있었던 말을 빠르게 쏟아내었다.

"음~ 유능!"

"으음~ 전 그냥 노코멘트할게요."

"뭐, 뭐야. 저 사람. ……능력 있는 매는 발톱을 숨긴다는 말도 몰라? 어차피 로잘리 씨의 엄청난 재능을 질투하는 것뿐이겠지."

"응. 로잘리가 대단한 건 사실인걸."

그러자 글렌이 감탄하고 루미아가 쓴웃음을 지었지만, 시스티나와 리엘은 떨떠름한 반응을 보였다.

"으그그그…… 저 불쾌한 여자는 대체 뭐죠? 용서 못 해!"

그리고 당사자는 몹시도 화가 나신 모양이었다.

"아니, 그렇지만…… 저 말은 전부 사실이잖아? 반박할 요소가 대체 어디 있냐고."

"너무해요!"

글렌의 귓속말로 가차 없는 평가를 내리자 로잘리는 눈물이 찔끔 나왔다.

"그, 그래도 화가 나는 건 어쩔 수 없다구요! 이렇게 된 이상……!"

그래서 품속에 있던 접착제인 것 같은 튜브를 꺼냈다.

"그건 또 뭐냐."

"흐흥~ 제가 만든 마도구 『장난꾸러기 슬라임』이랍니다!"

로잘리는 자랑스럽게 가슴을 폈다.

"후후훗, 이 슬라임은 말이죠. 감촉이 최악이에요. 칠판을 손톱으로 긁으면 불쾌한 소리가 나잖아요? 이걸 만지면 그걸 들을 때 느끼는 그 소름끼치는 감각이 똑같이 재현된답니다! 그리고 한 번 피부에 묻으면 중화제라도 쓰지 않는 한 지워지지도 않고요!"

"하긴 넌 옛날부터 그런 쓸모없는 마도구만 유독 잘 만들었지. ……그래서? 그걸 어디다 쓸 건데?"

"그야 물론 이렇게 제 손에 바르고……."

로잘리는 튜브를 짜서 물컹물컹한 슬라임을 오른손에 발

랐다.

"으히이이이익?! 소, 소름끼쳐! 아, 아무튼 슬라임을 바른 이 손으로 저 불쾌한 여자한테 악수를 요구하는 거예요! 흐흥~ 어때요? 이 완벽한 작전이!"

그리고 소스라치는 불쾌감에 몸을 배배 꼬면서 말했다.

"너, 바보지?"

글렌은 어이가 없다 못해 기가 막혔다.

"그런고로, 돌격! 거기 당신, 잠깐만……."

"오, 오오! 로잘리 씨! 와주셨군요! 제가 바로 이번 사건을 의뢰한 미스타입니다!"

하지만 먼저 로잘리의 존재를 눈치챈 미스타 경이 끼어들어서 손을 내밀었다.

"아."

꾸욱.

그리고 공교롭게도 하필 슬라임을 바른 손과 악수한 순간.

"오, 오오? 호오오오오오오오오웅아아아아아아아아아앗?!"

당연히 대참사가 일어났다.

"흐억! 이게 뭐야! 소름끼쳐!"

"아아앗?! 미스타 경?! 죄송해요! 진짜 죄송해요오! 제가 노린 건 당신이 아니라 저 불쾌한 여자였는데에~!"

"야! 이 바보야! 괜한 소리하지 말고 어서 중화제나 꺼내!"

그렇게 로잘리와 의뢰인의 첫 만남은 최악의 형태로 막을 내렸다.

"큭! 저게 로잘리? 바보인 줄 알았지만, 설마 내 상상을 아득히 뛰어넘는 천원돌파(天元突破)급 바보였다니!"

한편, 테레즈는 그런 로잘리의 얼빠진 모습을 사납게 노려보고 있었다.

"……아무튼 이것이 바로 본가의 가보인 명검【요로이기리(鎧斬)】입니다."

"오오오……!"

세 개의 마술결계로 보안이 유지되는 저택 내부의 보물고로 안내받은 글렌 일행은 비좁은 방 한가운데의 비석에 꽂힌 마검(魔劍)을 보고 감탄성을 터트렸다.

"중세 초기, 희대의 검장(劍匠) 가란드가 만든 마검이다. 지금은 골동품으로서의 가치도 붙어서 최소 50만 리르는 넘을 터."

테레즈가 내력을 설명하며 검에 다가갔다.

"그리고 이 주위에는 미스타가(家) 비전의 삼중 봉인 결계가 깔려 있어서 검을 반출하는 건 거의 불가능에 가까워."

"……방범 설비는 완벽하다는 거군."

글렌의 평가에 테레즈는 고개를 끄덕였다.

"음. 그럼에도 이 검을 받아가겠다는 범행 예고를 날린 수수께끼의 괴도를 막고 체포하는 것이 우리의 임무다만……."

그리고 로잘리를 흘겨보았다.

"이봐! 거기 바보녀! 네놈, 내 말 듣고 있는 거냐?!"

"으으으으…… 그치만 손이…… 흐이이이~."

마침 중화제가 일인분밖에 없었던 탓에 슬라임을 씻어내지 못해 고통에 몸부림치는 로잘리를 본 테레즈는 관자놀이에 시퍼런 힘줄을 세우며 설명을 계속했다.

"범행 예고를 보낸 건 최근 이 페지테를 떠들썩하게 한 괴도Q다."

"괴도Q라면 분명…… 악질 상인이나 나쁜 귀족밖에 노리지 않는 굉장한 실력의 도둑이었지?"

"……응. 최근 이 페지테에선 로잘리 씨랑 같이 유명해진 인물이야."

루미아의 말에 시스티나가 대답했다.

괴도Q.

한 번 노린 사냥감은 절대로 놓치지 않는 신출귀몰한 마술사이자 도둑. 전부터 제국 전토에 출몰했었지만, 최근에는 활동의 중심을 페지테로 옮긴 건지 신문에서 자주 언급되곤 했다.

"이 엄중한 방범 상태를 알면서 보낸 범행 예고 따윈 원래대로라면 장난으로 치부하고 무시했겠지만, 상대가 괴도Q라면 말이 달라. 그래서 우리 페지테 경라청 수사1과와……."

"흐흥~ 이 세기의 대마도탐정 로잘리 디터트가 나설 차례라는 거군요? 아하하하하하하하하하!"

로잘리가 우쭐대면서 웃자 테레즈는 더 화가 난 모양이었다.

"큭! 로잘리, 넌 이 사건의 중요성을 알기는 하는 거냐? 우리 페지테 경라청이 총력을 기울여 경비를 맡은 데다, 본의는 아니지만 『명탐정』으로 명성이 자자한 네놈까지 참가한 사건이라고! 이 저택 주위를 한 번 둘러봐! 페지테 각지에서 벌떼처럼 몰려든 신문기자 놈들을! 그만큼 세간에서 이번 사건을 주목한다는 거다!"

"흐응~ 그래서요?"

"이러다 만약 그 괴도Q라는 놈에게 가보를 도난당하기라도 해봐! 우리 경라청의 체면은 땅 끝까지 떨어질 테고, 네놈은 매스컴의 집중포화를 두들겨 맞을 거다! 이제 알았으면 좀 더 진지하게……."

"훗…… 당신은 역시 바보네요. 테레즈 씨."

하지만 로잘리는 여전히 자신만만한 태도를 고수했다.

"뭐라고?!"

"하! 만약~? 이 마도탐정 로잘리가 여기 있는데 그런 일이 일어날 리 없잖아요?"

"큭! 대체 무슨 근거로……!"

"테레즈 씨? 당신은 불안한 거죠? 이해해요. 아무튼 이번 임무에 실패한다면 지금까지 필사적으로 쌓아온 당신의 경력에 흠집이 생길 테니 말이죠. 그야 평범한 인간이 할 법한 걱정이에요.”

“아, 그, 그렇지는……!”

완전히 틀린 지적도 아니었는지 테레즈가 쩔쩔맸다.

“괜찮아요. 본인의 경력을 신경 쓰는 것 자체가 딱히 잘못인 건 아니니까요. 하지만 자신의 힘을 얼마나 굳게 믿고 있는지가 곧 당신과 제 격차로 이어진다는 건 알아두세요.”

로잘리는 얼굴 정중앙을 한 대 후려치고 싶은 자신만만한 표정으로 선언했다.

“여, 역시 로잘리 씨야! 저런 점이 짜릿해! 존경스러워!”

“응. 역시 로잘리는 대단해.”

시스티나와 리엘이 존경 어린 시선을 보냈지만.

“저 녀석, 정말 괜찮은 건가?”

“그, 글쎄요……?”

글렌과 루미아는 걱정을 완전히 떨쳐내지 못한 얼굴이었다.

“칫! 그럼 어디 한 번 솜씨를 봐주지! 나중에 그『만약』의 상황이 벌어졌을 때 질질 짜면서 변명이나 하지 말도록!”

그리고 할 말이 없어진 테레즈는 결국 분한 얼굴로 물러났다.

“흥! 엑스트라! 주제에!”

아직도 큰소리를 쳐대는 로잘리에게 글렌은 한숨을 내쉬며 귓속말을 건넸다.

“야, 너 실제로는 어떤데?”

"응? 뭐가요?"

"이번 의뢰는 지금까지 너와 내가 해결한 사건과는 결이 달라. 그 괴도Q란 녀석을 사전에 조사해봤는데…… 확실히 만만치 않겠더라고. 어쩌면 그 만약이 현실이 될지도 몰라."

"잠깐만요! 사람 불안하게 만들지 말아주실래요?!"

글렌이 웬일로 자신 없는 반응을 보이자 로잘리는 눈물을 글썽이며 캐물었다.

"괘, 괜찮겠죠? 선배도 검 주위의 방범 결계를 보셨잖아요!"

"그래, 봤지."

글렌은 검 주위의 삼중 마술 법진을 슬쩍 처다보았다.

"미스타가 비전의 삼중 봉인 결계…… 저걸 뚫으려면 실력 있는 해주사가 몇 명은 있어야 해. 시간도 몇 시간 단위로 걸릴 테고."

"그래요! 거기다 저택 안에는 경비관이 한 가득! 이 보물고에 드나들 수 있는 유일한 문 앞에 있는 건 선배와 믿음직한 제 조수들! J인지 Q인지 알 바 아니지만, 이 완벽한 경비를 뚫고 검을 훔치는 건 절대로 불가능해요! 저를 좀 체포해달라고 하는 거나 마찬가지예요!"

"……"

"즉, 이 싸움은 시작되기 전부터 이긴 거나 다름없는 셈이죠! 아하하하하하하하하하!"

로잘리는 상황을 낙관하며 웃었다.

'뭐, 틀린 말은 아닌데……'

하지만 정작 글렌은 왠지 모를 위화감을 느끼고 있었다.

그렇게 미스타가의 가보 경비 의뢰가 시작되었다.

페지테 경라청에서 엄선한 경비관들이 테레즈 경라정의 지휘에 따라 저택과 부지 안을 엄중히 지켰고, 보물고의 문 앞에는 로잘리와 글렌 일행, 그리고 테레즈와 그녀의 부하들이 모여 있었다.

수수께끼의 괴도Q가 범행을 예고한 시각은 심야 0시. 날이 바뀌는 순간이다.

그 시각이 가까워질수록 저택 내부는 묘한 긴장감이 고조되고 있었다.

"좋아! 이쪽은 이상 없음! 리엘, 그쪽은 어때?"

"음, 괜찮아!"

"응! 우리가 있는 한 수상한 인물은 한 발짝도 들여보내지 않을 거야!"

이상할 정도로 의욕이 넘치는 시스티나와 리엘을 테레즈는 왜 어린애들이 이런 곳에 있는지 모르겠다는 씁쓸한 표정으로 바라보고 있었다.

"서, 선생님…… 그 Q라는 사람이 정말 올까요?"

그런 와중에 루미아는 불안한 눈초리로 글렌에게 귓속말을 건넸다.

"뭐, 보통은 안 오겠지. 미스타가 비전의 삼중 결계를 뚫는 건 불가능한 데다 경비를 서는 인원수도 어마어마하니…… 아무리 생각해도 너무 무모하잖아."

"그, 그렇겠죠? 저도 왠지 납득이 가질 않아서……."

둘은 동시에 고개를 갸웃거릴 수밖에 없었다.

그리고 글렌은 뒤에 있는 로잘리를 돌아보며 말을 걸었다.

"야, 로잘리. 너도 이 사건은 뭔가 좀 이상한 거 같지 않냐?"

"Zzz……zzz……."

하지만 그녀는 선 채로 자고 있었다.

"로잘리 구운~? 거 참, 굉장히 피곤하셨나 봅니다아~? 선 채로 자는 건 피로가 잘 안 풀릴 테니 그대로 영원히 잠드시는 걸 추천해드리죠오오오오오오~!"

"꾸엑?! 항복! 항보오오오오옥!"

글렌은 뒤에서 진심으로 목을 졸라 기절시키려 했다.

"잠깐만요! 선생님! 로잘리 씨한테 무슨 짓을 하시는 거예요!"

"응, 글렌. 로잘리를 괴롭히지 마!"

바로 시스티나와 리엘 콤비가 항의했다.

"야, 이 짜식들아. 너희는 조금 전의 슬라임 소동이나 방금 낮잠을 자는 걸 보고도 느끼는 게 없어? 이제 좀 눈을 떠, 이 바보들아!"

"그, 그게 무슨 말씀이세요!"

그러자 시스티나가 얼굴을 붉히며 반박했다.

"낮잠이라뇨! 지금 로잘리 씨는 중요한 순간을 대비해 명상으로 정신을 통일하고 계신 거였잖아요!"

"응. 대단한 검사는 뭐랄까…… 다들 이런 식으로 명상하는 이미지가 있어."

"그런데 거기에 훼방을 놓다니, 정말이지! 선생님은 조수라는 자각이 있긴 한 거예요?!"

"그, 그럼 슬라임은 뭔데!"

"그야 당연히 탐정식 농담이었겠죠! 요즘 페지테에서 초유명하고 위대한 대탐정 로잘리 씨를 만난 미스타 경이 긴장하느라 위축되지 말라는 로잘리 씨 나름의 배려였잖아요!"

"응! 잘 모르겠지만, 시스티나 말이 맞아."

"아무튼 방해하는 건 작작 좀 하세요! 아시겠어요?!"

"응, 이해했다. 왜 광신도 놈들이 동서고금을 가리지 않고 박해받았던 건지 아주 자~알 알았어."

"아하하……."

글렌은 피로에 쩐 눈으로 먼 곳을 바라보았고, 루미아는 그저 쓴웃음만 흘렸다.

"이봐! 거기 너희들! 잡담은 정도껏 해!"

그렇게 소란을 피우자 테레즈가 씩씩거리며 끼어들었다.

"어쨌든 현장에 들어온 이상 똑바로 좀 해! 이제 곧 범행 예고 시각인데 계속 그런 식으로 굴면 쫓아내는 수가 있어!"

그리고 어김없이 정론으로 잔소리를 한 순간.

팟!

갑자기 저택 안이 완전한 어둠에 휩싸였다.

빛이 한 점도 들지 않는 어둠. 아무것도 보이지 않았다.

"뭐야 이건!"

"아차! 【다크 커튼】?! 대체 누가 이런 짓을……!"

여기저기서 경비관들의 동요한 목소리가 들리는 것으로 봐선 아무래도 저택 전체가 어둠에 잠긴 모양이었다.

"야, 하얀 고양이! 조명 마술을 써서 빨리 불을 밝혀!"

"트, 틀렸어요! 계속 하고는 있는데 아무래도 이 【다크 커튼】을 몇 겹으로 중첩해서 쓴 모양이라……!"

"제길! 이런 종류의 마술은 마력의 출처나 술자를 파악하지 못한 상황에선 풀 방법이 없는데……!"

"전원, 문 앞에 모여서 보물고를 지켜! 이제 곧 온다!"

고작 마술 하나로 저택 안은 완벽한 혼란 상태에 빠졌다.

명백히 무슨 일이 일어나려 하고 있었다.

그렇게 저택 안을 경비하는 모두가 긴장 상태로 괴도Q의 등장을 기다렸지만.

"……?"

5분이 지나고 10분이 지나도 변화는 없었다.

이윽고 시간 경과에 따라 효력을 잃은 【다크 커튼】이 완전히 사라지고 주위에 빛이 돌아왔다.

"대, 대체 뭐였지?"

"괴, 괴도는 안 온 거 맞죠?"

글렌과 시스티나가 문 쪽을 돌아보았다.

테레즈와 부하들이 굳게 지키고 있는 그 문에는 아무런 변화도 없었다.

"흐흥! 역시 제가 두려웠던 모양이네요."

"넌 좀 닥쳐."

로잘리가 우쭐대자 글렌은 뒤통수를 찰싹 후려쳤다.

"잠깐, 설마……!"

하지만 테레즈는 곧 뭔가를 깨달은 것 같은 표정으로 미스타 경이 맡긴 열쇠를 써서 보물고의 문을 열었다.

삼중 봉인 결계는 여전히 문제없이 작동 중이었다.

"아앗?!"

하지만 곧 위화감의 정체를 눈치채고 저마다 눈을 부릅떴다.

"마, 말도 안 돼! 검이……!"

그렇다. 삼중 결계의 중심에 있었던 검은 어느새 홀연히 자취를 감춘 상태였다.

"이, 이, 이게 대체 어찌된 일인가! 자네, 이 상황을 대체 어떻게 책임질 생각이지?!"

"큭! ……면목이 없습니다."

상황을 듣고 새빨개진 얼굴로 달려온 미스타 경이 호통을 치자 테레즈는 분한 표정으로 고개를 떨구었다.

"현재 이 저택을 경비 중인 경비관들에게 주변에 수상한 인물이 없는지 수색 명령을……."

"당연히 그래야지! 어서 빨리 검을 찾아오게! 그건 본가의 그 무엇과도 바꿀 수 없는 가보란 걸 알고는 있는 건가?!"

"……!"

입을 굳게 다문 테레즈의 의기소침한 모습은 절로 동정심을 불러일으켰다.

"서, 선생님. 이게 대체 어떻게 된 걸까요?"

"으음~ 나도 모르겠다. 대체 뭐가 어떻게 된 거지? 검은 결계가 존재하는 한 그곳에서 움직일 수 없고, 애당초 아무도 방 안에 들어간 흔적이 없었는데……."

루미아가 불안한 표정으로 물었지만, 글렌도 정말 모르겠다는 듯 머리를 싸맸다.

"그, 그럴 수가. 로잘리 씨가 있는데 이렇게 간단히……?"

"……응."

시스티나와 리엘도 꽤 충격을 받은 눈치였다.

"……."

하지만 모두가 당혹스러워 하는 가운데, 벽에 등을 기댄 로잘리만은 팔짱을 끼고 조용히 눈을 감은 채 뭔가 생각에 잠겨 있었다.

그리고 테레즈를 실컷 비난한 미스타 경은 이번엔 어깨를 들썩이며 로잘리에게 접근했다.

"자네도 마찬가지일세! 로잘리 군! 자네에겐 진심으로 실망했네! 대체 뭐가 페지테 최고의 마도탐정이라는 거지?! 내 일부터 자네에게도 매스컴의 혹독한 추궁이 기다리고 있을 테니 각오하도록!"

하지만 그 순간.

"훗훗훗……."

로잘리가 웃기 시작했다.

"로, 로잘리?"

"뭐지?"

모두가 의아해 하는 가운데 웃음을 멈춘 로잘리는 몸을 돌리고 당당하게 선언했다.

"……수수께끼는 전부 풀렸어요. 『범인은 이 안에 있어요!』"

"""뭐, 뭐라고오오오오오오오오오오오오오오오?!"""

그 뜬금없는 선언에 모두가 주위를 살폈다.

지금 이 보물고 안에 있는 건 글렌 일행, 테레즈와 그녀의 부하들, 그리고 미스타 경과 노집사뿐이었다.

"범인이 이 안에 있다고? 그럴 리가! 잠깐, 설마…… 괴도Q가 변신 마술로 우리 중 누군가로 변장했다는 건가?!"

테레즈가 의심의 눈초리로 부하들과 글렌 일행을 훑었다.

"농농, 테레즈 군. 애당초 이번 사건은 괴도Q의 짓이 아니었어요."

"……뭐?!"

테레즈는 경악했고, 미스타 경과 노집사는 눈을 깜빡였다.

"진상은 훨씬 더 단순하답니다. ……그리고 외람되지만, 전 처음부터 이렇게 될 줄 알고 있었어요. 한 번 자~알 생각해보세요. 딱 한 사람 있잖아요? 이 자리에서 유일하게 범행을 저지를 수 있었던 인물이!"

"뭐, 뭐라고?"

테레즈는 진심으로 모르겠다는 표정으로 고개를 저었다.

"큭! 그게 대체 누구지? 어서 네 추리를 설명해!"

"이야~ 그건 그렇고 더워서 목이 좀 마르네요. 제 추리를 피로하기 전에 10분만 휴식 시간을 갖죠."

조바심을 느낀 테레즈가 필사적인 얼굴로 답을 요구했지만, 로잘리는 매몰차게 등을 돌렸다.

"훗, 『수수께끼 풀는 티타임 후에』 테레즈 군, 이 자리에서 단 한 사람도 빠져나가지 못하게 막아주시길."

그리고 상쾌한 걸음걸이로 보물고를 떠났다.

"야, 로잘리! 잠깐 기다려봐!"

글렌도 허겁지겁 그 뒤를 따랐다.

"과, 과연 로잘리 씨! 역시 전부 꿰뚫어보고 계셨던 거군요?!"

"응! 뭐가 뭔지 모르겠지만 아무튼 굉장한 것 같아!"

"……저, 정말 괜찮은 걸까?"

그런 그녀의 뒷모습을 시스티나, 리엘, 루미아는 제각기 다른 표정으로 지켜보고 있었다.

"야, 로잘리! 너 진짜 범인이 누군지 안 거야?"

성큼성큼 걸어가는 로잘리를 따라잡은 글렌이 물었다.

"이번 사건은 솔직히 나도 두 손 들었어! 저토록 엄중한 경비와 결계를 뚫고 훔쳐낸 방법이 뭔지 전혀 짐작도 안 가! 그런데 넌 대체 어떻게……!"

그 순간, 로잘리가 갑자기 걸음을 멈추었다.

"선배."

"왜?"

그리고 뒤를 돌아본 순간.

"그걸 제가 어떻게 알아요ㅇㅇㅇㅇㅇㅇㅇㅇㅇㅇㅇㅇㅇㅇ 오아아아아아아!"

핏발 선 눈으로 귀신처럼 절규했다.

"적반하장?! 그럼 방금 선언은 대체 뭐였던 건데!"

"탐정으로서 한 번 말해보고 싶었던 것뿐이에요!"

"너 지금 장난해?!"

글렌도 하늘을 향해 절규하자 로잘리는 달리기 시작했다.

"그보다 선배! 전 도망칠게요! 뒷일은 맡기겠습니다!"

"뭐어?!"

"꼴사납게 실패한 저를 내일부터 매스컴에선 무슨 부모 원수라도 되는 양 실컷 두들겨 패겠죠? 그럼 이젠 사회적으로 죽은 거나 마찬가지잖아요! 그렇게 되기 전에 본가로 돌아가서 결혼할 거예요! 역시 마도탐정 같은 불안정한 직업 따윈 때려 치고 결혼하는 게 여자의 행복인 거겠죠? 그쵸?"

"야, 잠깐! 웃기지 마! 네가 없어지면 다음 타깃은 나잖아!"

"그, 그러고 보니?! 그럼 선배도 저랑 같이 사랑의 도피행을 하죠! 전 선배가 상대라면 결혼해도 전혀 문제없달까. 아니, 실은 꽤 전부터 선배를……."

"시꺼! 닥쳐! 뒈져어어어어어어어어어어어어!"

혼란에 빠져서 영문을 알 수 없는 말을 지껄이기 시작한 로잘리에게 글렌은 날아차기를 먹였다.

"흐갹?!"

그걸 정통으로 등에 맞고 수평으로 날아간 로잘리는 복도 길모퉁이에 격돌했고, 반사적으로 양손을 내민 탓에 벽에는 슬라임이 달라붙었다.

"놓칠까 보냐! 흐흐흐, 매스컴의 산제물이 되는 건 바로 너다!"

"자비를! 제발 자비르으으으을!"

그리고 글렌이 로잘리의 목덜미를 잡아채 끌고 가려 한 순간.

드드드드…….

로잘리가 충돌한 벽 쪽에서 뭔가 소리가 들리기 시작했다.

"응?"

"뭐, 뭐죠?"

어안이 벙벙한 둘 앞에서 벽이 형태를 바꾸기 시작했다.

한편, 같은 시각.

"이 사건의 흑막은…… 당신 아닌가요? 미스타 경."

불현듯 테레즈가 그 말을 입에 담은 순간, 주위의 공기가 얼어붙었다.

경비관들이 술렁거리고, 시스티나와 루미아는 서로를 마주보았으며, 리엘은 고개를 갸웃거렸다.

"호오? 재미있는 소리군, 테레즈 군."

하지만 당사자는 재밌어하는 표정으로 흘려 넘겼다.

"글쎄? 내가 본가의 가보인 검을 훔쳤다……? 대체 왜 그런 생각이 든 거지?"

"로잘리는 분명 이렇게 말했습니다. ……『범인은 이 안에 있다』고요. 적어도 이 페지테에서 가장 유명한 마도탐정이 그토록 자신 있게 말했다는 것은 다시 말해, 그녀에겐 뭔가 근거가 있었을 겁니다. ……바깥에서가 아닌 안에서의 범행이라는 근거가!"

"……."

"그렇다면 남은 건 소거법이겠군요. 우리 외부인은 미스타가 비전의 결계를 뚫을 수 없습니다! 유일하게 간섭이 가능한 건 미스타가의 당주인 당신뿐! 즉, 범행이 가능했던 건 당신뿐입니다. 미스타 경! 이건 괴도Q의 이름을 사칭한 자작극……!"

그 순간.

"훗, 그 발언을 감당할 자신이 없다면 그쯤 해두게나. 테레즈 군."

미스타 경의 분위기가 돌변했다.

"그렇군. 확실히 나라면 결계에 간섭할 수 있겠지. 하지만 내가 대체 무슨 수로 자네들이 철통같이 지키고 있는 문을 통과해서 안에 있는 검을 반출했다는 거지? 보물고의 문 열쇠를 자네에게 맡긴 걸 벌써 잊은 건가?"

"읔! 그건……."

"그리고 만약 내가 범인이라면…… 그 검은 지금 어디에 있는 거지? 증거가 없다면 자네의 추리는 그저 생트집에 불과해. 혹시 명예훼손으로 고소당하고 싶은 건가? 크크크……."

"이, 이익……!"

이때 테레즈는 확신했다.

경비관으로서의 우수한 직감이 알려주었다. 미스타 경의 표정과 목소리에서 모든 것을 깨달았다.

흑막은 미스타 경이다.

동기는 알 수 없지만, 이번 사건은 전부 미스타 경의 자작극이었던 것이다.

'그 짧은 틈에 검을 밖으로 옮겼을 리 없으니 분명 이 저택 어딘가에 있을 터! 하지만 날 저렇게 도발하는 걸로 봐

선 검을 숨긴 장소에 절대적인 자신이 있는 거겠지!'

찾는다면 지금밖에 없었다.

지금 이 기회를 놓치면 미스타 경은 어떻게 해서든 검을 처분할 터.

그렇게 되면 증거가 사라진다. 미스타 경의 범행을 입증할 기회를 영원히 잃고 마는 것이다.

'제길! ……여기까진가.'

테레즈가 원통한 표정으로 머리를 감싸 쥔 순간.

드드드드…….

"웅?"

갑자기 보물고 안쪽 벽에 문이 생기더니 그대로 열렸다.

"음~ 이 통로는 뭐였던 걸까요?"

"가보인 검도 오는 도중에 바닥에서 주웠는데…… 대체 뭐지?"

그리고 문 너머에서 모습을 드러낸 것은 다름 아닌 로잘리와 글렌이었다.

"아, 미스타 경! 좋은 소식이 있어요! 가보인 검을 주웠답니다! 그 괴도Q란 작자도 참 멍청하네요~. 아무래도 중간에 떨어트린 모양이라……."

모두가 경악하는 가운데, 로잘리가 방긋방긋 웃으며 검을 미스타 경에게 건네려 한 순간.

"그렇군! 숨겨진 통로였어!"

테레즈가 외쳤다.

"그러고 보니 들은 적이 있어! 오래된 귀족의 성이나 저택에는 마술로 숨겨진 방이나 통로를 만들어둔 케이스가 있다고! 미스타 경은 그걸 이용했던 거야!"

"어? 응? ······어라?"

"응? 이게 대체 어떻게 된 상황이지?"

눈을 깜빡이는 로잘리와 글렌 앞에서 미스타 경은 노골적으로 당황했다.

"마, 말도 안 돼! 대체 어떻게? 숨겨진 통로의 입구는 내 지문이 없으면 절대로 열리지 않는 구조였을 터! 지문에 의한 마술 인증식을 대체 무슨 수로······ 앗!"

마침 그 순간, 여전히 로잘리의 오른손에 달라붙어 있는 슬라임이 눈에 들어왔다.

"슬라임?! 설마 그때 악수하면서 내 지문을 슬라임으로 채취했던 건가?!"

"그렇군! 그렇게 된 거였어!"

경악한 얼굴의 테레즈도 어리둥절하고 있는 로잘리를 쳐다보았다.

"로잘리 디터트······ 넌 분명 이렇게 말했었지! 처음부터 이렇게 될 줄 알고 있었다고! 그 말이 사실이었어! 처음부터 미스타 경이 흑막이라는 것을 눈치채고 그가 경계심을 풀도록 일부러 바보 행세를 하면서 슬라임으로 지문을 채취하다니······!"

테레즈는 소스라치게 몸을 떨었다.

"그리고 넌 조금 전에 나에게 그런 힌트를 주고 미스타 경이 이 자리를 벗어나는 걸 막았지. 그 사이에 이 저택을 샅샅이 뒤지고 미스타 경이 검을 처분할 틈을 한시도 주지 않기 위해서!"

"어~ 저기…… 테레즈 씨?"

로잘리의 머리 위로 물음표가 잔뜩 떠오른 한편, 테레즈는 감쪽같이 속았다는 듯 굳게 주먹을 쥐었다.

"전부, 전부 네 손바닥 위에서 놀아났던 거군. 그 한심스러운 작태도 우리를 속이기 위한 연기였다는 건가. ……이게 바로 명탐정 로잘리 디터트! 분하지만, 격이 달라도 너무 달라……."

그리고 마침내 패배를 자인하며 힘없이 무릎을 꿇었다.

"해냈어! 역시 로잘리 씨야! 나, 감동해서 눈물 나올 거 같아!"

"응! 뭐가 뭔지 모르겠지만 로잘리는 굉장해!"

"저, 저기요. 선생님. 이건……."

"솔직히 난 병풍이 된 것 같다만, 이다음 전개는 쉽게 예상이 가는구만."

시스티나와 리엘이 크게 흥분했지만, 글렌과 루미아는 떨떠름한 반응을 보였다.

"훗! 당연히 전 처음부터 모든 걸 알고 있었답니다! 아무튼 전 굉장한 탐정이니까요! 이걸로 사건 해결! 아하하하하 하하하하하하하하!"

그러자 이 기회를 놓칠세라 고급 인버네스 코트를 나부끼며 폼 잡는 로잘리의 모습을 본 글렌은 그냥 한 대 쥐어 패고 싶은 충동에 사로잡혔다.

한편, 미스타 경은 분노와 증오가 뒤섞인 눈으로 로잘리를 노려보았다.

"로, 로잘리 네 이놈……! 전에 내 비밀 거래처였던 마피아 조직을 박살내버린 네놈을 괴도Q의 이름을 사칭해서 파멸시키는 동시에 검에 든 사설 보험금으로 한몫 챙기려고 했던 계획이 설마 이런 식으로 틀어질 줄이야……!"

"마피아? 그게 뭐예요?"

"아~ 혹시 그건가? 리틀 럭 캐리 사건 때……."

"허나 아직 끝난 건 아니다!"

미스타 경이 손가락을 튕기자 무장한 고용인들이 방 안으로 몰려들었고, 일행은 눈 깜짝할 사이에 포위당하고 말았다.

"앗?!"

"크크크, 수사를 위해 경비관을 저택 바깥에 분산 배치한 것이 네놈들의 패착이다! 지금 여기서 네놈들을 죽이고 비밀리에 처분해버리면 진상은 어둠 속에 잠길 터!"

"이 비겁한 놈이…… 큭! 다들 물러나!"

그러자 테레즈가 일행을 지키려는 듯 레이피어를 빼들었다.

"소용없다, 테레즈 군! 내 부하들은 모두 뒷세계의 에이전트! 전투의 프로다! 자네 혼자서는 절대로 막을 수 없어!"

"큭……!"

그 말에는 동감할 수밖에 없었던 테레즈의 얼굴에 조바심과 절망이 떠오른 순간.

"《위대한 바람이여》!"

"이이이이야아아아아아아아아아아아압!"

마치 대포 같은 거센 바람이 오른쪽에 있던 고용인들을, 푸른 섬광이 휘두른 대검의 검면이 왼쪽에 있던 고용인들을 날려버렸다.

"이, 이게 무슨?!"

"고생하셨어요, 로잘리 씨! 뒷일은 저희한테 맡겨주세요!"

"응!"

시스티나와 리엘이었다.

로잘리의 신도인 그녀들이 고용인의 절반을 눈 깜짝할 사이에 쓸어버린 것이다.

"마, 말도 안 돼! 내 부하들이 이토록 쉽게……?!"

"너, 너무 강해! 설마 로잘리의 조수들이 이렇게 강할 줄이야!"

그런 믿을 수 없는 광경을 목격한 미스타와 테레즈가 눈을 부릅떴다.

그리고 시스티나와 리엘은 그런 둘을 바라보며 당당하게

선언했다.

"훗! 미리 말해두지만, 로잘리 씨의 마술은 고작 이 정도 수준이 아니랍니다!"

"웅! 로잘리의 검은 훨씬 더 대단해!"

"뭐……라고? 로, 로잘리 디터트는…… 괴물인가?!"

테레즈는 이젠 두려움이 깃든 눈이었다.

그 시선을 느끼고 어느새 이마에 식은땀이 한가득 맺힌 로잘리는 자신만만한 태도로 손을 치켜들며 선언했다.

"뭐, 제가 손을 쓸 것까지도 없는 상대니까요. ……제 조수들만으로도 충분하겠죠. 그런고로 시스티나 양. 리엘 양. 해치우세요!"

"예! 《뇌정의 자전이여》!"

"이이이이이이야아아아아아아압!"

신이 나서 적진에 뛰어드는 하얀 악마와 푸른 악마.

"""으, 으아아아아아아아아아아아아아아아아아아아아악!"""

그녀들에게 너무나도 일방적으로 유린당하는 미스타 경과 부하들의 공포와 절망이 뒤섞인 절규가 저택 안에 울려 퍼졌다.

"으, 으음~ 혹시 다친 사람 있으면 말해. 내가 힐러 스펠로 치료해줄 테니까."

"……치료가 필요한 건 적들뿐이겠지만 말이다."

그리고 루미아의 미묘한 웃음과 글렌의 한숨 소리를 끝으로 수수께끼의 괴도 사건은 막을 내리게 되었다.

며칠 후.

"이것 봐! 우리 활약이 기사로 실렸어!"

"응!"

마술학원의 교실에서 한 손에 신문을 든 시스티나가 흥분한 목소리로 외쳤고, 리엘도 자랑스럽게 가슴을 폈다.

"세, 세상에! 너희 진짜 대단하잖아!"

"서, 설마 그 로잘리 디터트의 조수로 인정받다니……!"

카슈와 웬디를 비롯한 급우들은 그런 그녀들에게 아낌없는 찬사와 동경하는 시선을 보냈다.

"그래도 우린 아직 멀었어! 로잘리 씨는 소문 그대로 정말 굉장한 분이셨는걸!"

"응. 굉장했어."

"흑막의 함정에 빠졌을 땐 나도 이젠 다 틀린 줄 알았는데, 처음부터 모든 걸 꿰뚫어봤던 로잘리 씨는 오히려 그 상황을 이용해서……"

그리고 시스티나가 뜨겁게 묘사하는 로잘리의 활약을 열심히 듣고 있던 학생들의 눈에도 어느덧 로잘리에 대한 존경과 동경이 깃들기 시작하고 있었다.

"흐음…… 저런 꾸준한 포교 활동 덕에 신도가 늘어나는 거구만."

"아, 아하하······."

그 광경을 글렌은 왠지 지친 얼굴로, 루미아는 쓰게 웃으며 지켜보고 있었다.

"후우~ 그런데 정말 이걸로 된 걸까?"

"이러니저러니 해도 전 로잘리 씨와 함께 있는 게 즐거웠어요. 실은 선생님도 그러셨죠?"

"······말도 안 되는 소리."

루미아가 의미심장하게 웃자, 글렌은 창밖을 향해 한숨을 내쉬었다.

거기서 보이는 페지테의 햇살이 비치는 거리는 오늘도 평화로웠다.

페지테 변두리에 있는 어느 상류계급용 술집.

조용하고 차분한 분위기가 감도는 어두운 카운터 석에는 세 남녀가 나란히 앉아 있었다.

"······아무튼 그렇게 된 겁니다! 로잘리 디터트······ 그녀는 돈과 명성을 얻는 것밖에 머리에 없는 최근의 쓰레기 같은 마도탐정 놈들과는 결이 다른 『진짜배기』였다고요!"

오른쪽 끝자리에서 한손에 위스키잔을 든 채 열변을 토하는 것은, 다름 아닌 테레즈였다.

알코올이 들어가선지 평소의 딱딱하고 쿨한 표정과 분위

기가 약간 풀린 그녀는 평소의 그녀를 아는 사람이 상상조차 할 수 없을 정도로 수다스럽게 말을 토해내고 있었다.

"이번 사건을 통해 진심으로 탄복했습니다. ……저도 제 능력에는 자신이 있었는데, 위에는 위가 있다는 걸 뼈저리게 깨달았죠."

"허허, 설마 자네 입에서 그런 말이 나올 줄이야. 확실히 소문대로 걸물이었던 모양이구만."

"후훗, 정말 굉장한 분이셨나 보네요."

그러자 이번엔 남녀가 입을 열었다.

한쪽은 인자한 할아버지 같은 인상의 풍채 좋은 남성.

다른 한쪽은 하늘색 머리카락과 뾰족한 귀가 특징적인 20세 전후의 미녀.

알자노 제국 마술학원의 학원장인 릭 워켄과 그의 아내인 셀피였다.

"진짜 그렇다니까요. 릭 숙부님, 셀피 숙모님!"

혈연 관계상 릭의 조카에 해당하는 테레즈— 테레즈 워켄은 잔을 쭉 들이켰다.

"……그건 그렇고 숙모님의 변신 실력은 여전하시네요."

그리고 릭의 옆에 앉은 셀피를 슬쩍 흘겨보며 중얼거렸다.

사실 그녀의 평소 모습은 열 살 전후의 어린 소녀였기 때문이다.

"아하하, 평소의 내 모습이면 이런 가게는 들어오지 못할 테니까요."

"본인의 모습을 자유자재로 바꿀 수 있다니…… 고대 정령 일족은 참 편리하네요. 뭐, 그걸 감안해도 숙부님이 소녀와 결혼한 로리콤인 건 부정할 수 없지만요. 뭐? 합법 로리? 인간이 아니니까 문제없다? 그런 변명이 통할 줄 아세요? 그냥 확 아동 성착취로 체포해버릴까 보다."

"……큭. 테레즈 군. 자네는 여전히 술이 들어가면 신랄하구만."

조카의 가차 없는 평가에 릭은 굳어버린 표정으로 술만 찔끔찔끔 마셨다.

"아무튼 그런 범죄자인 숙부님은 그렇다 치고…… 실은 로잘리의 조수들도 하나 같이 엄청난 강자들이지 뭐예요?"

"호오?"

"시스티나 피벨, 루미아 틴젤, 리엘 레이포드…… 그리고 글렌 레이더스! 과연 그 로잘리가 눈여겨본 인물들이랄지……."

하지만 그 말을 들은 순간, 릭은 굳어버릴 수밖에 없었다.

"뭐라고? 글렌 군이?"

"어머. 여보, 혹시 아직도 기사를 안 읽어본 건가요? 지금까지 밝혀지지 않았던 조수분들의 성함이 이번에 결국 밝혀졌거든요."

"그, 그랬었나……."

셀피의 지적에 릭은 그저 눈만 깜빡였다.

'설마 그 글렌 군이 로잘리 님의 조수였다니……'

그리고 이어지는 테레즈의 로잘리 찬양을 적당히 흘려들으며 생각에 잠겼다.

'흠…… 이거 괜찮은 연줄이 생긴 것 같구만. 혹시 급할 때는 글렌 군에게 부탁하면……'

릭 학원장은 그렇게 피식 웃었다.

이 기묘한 인연이 훗날 다시 한번 글렌 일행을 사건에 끌어들이게 되지만, 그 이야기는 다음 기회에…….

다시 만날 그날까지

Memory records of bastard magic instructor

문득 눈을 감으면 지금도 선명히 떠오른다.

지금으로부터 약 3년 전.

포효하는 총성.

솟구치는 피보라.

흩어지는 비명.

난 처음 만났을 당시의 **그 사람**이— 몸서리쳐질 정도로
두려웠다.

—————.

"하아……! 하아……!"

심해 밑바닥처럼 캄캄한 수해 안에서 불꽃처럼 뜨겁게 숨
소리가 메아리쳤다.

나는 그 사람에게 손을 잡힌 채 어린 몸에 채찍질을 해가
며 익사하듯 달리고 있었다.

이때의 난 모든 게 그저 무서웠다.

이 수해의 어둠이.

앞길을 가로막듯 빽빽하게 자란 나무들이 마치 마물들의
춤사위처럼 보였기에.

숨 막힐 것 같은 초목의 습한 비린내가 무서웠다.

이곳이 평범한 사람은 결코 발을 들여놔서는 안 될 음지의 세계라는 것을 강하게 인식시켰기에.

뒤에서 쫓아오는 살의와 악의가 무서웠다.

우리를 사냥개처럼 쫓는 여러 명의 기척은 마치 명부에서 온 해골의 군세 같았다.

만약 붙잡히면 내 영혼은 그대로 갈기갈기 찢겨 나가겠지.

아아, 그 모든 것이 공포스럽다.

두려움에 질린 폐는 호흡하는 걸 거부했고 심장은 당장에라도 터질 것만 같았다. 머리는 고열에 시달리는 것처럼 몽롱한데 몸은 이상할 정도로 추워서 얼어 죽을 것만 같았다. 단단해야 할 지면이 마치 진흙처럼 엉망으로 흔들려서 뛰는 자세가 안정되질 않았다.

하지만 그중에서도 가장 무서웠던 것은—.

"칫. ……끈질긴 놈들이구만."

지금 내 손을 잡고 달리는 **그 사람**.

달리는 와중에 고개만 돌리면서 어느새 품속에 있던 길고 가느다란 무언가를 꺼낸 **그 사람**이 내 머리 위로 뒤에서 쫓아오는 자들에게 그것을 겨눈 순간.

탕!

그 길고 가느다란 무언가의 끄트머리가 천둥 같은 소리를 내며 불을 뿜었다.

권총이었다. 고풍스러운 퍼커션 캡 방식의 회전 권총^{리볼버}의 마술 작약이 점화한 것이다.

그 한순간의 머즐 플래시가 주위의 농밀한 어둠을 걷어내자, 어둠속에서 그림자처럼 윤곽만 보였던 **그 사람**의 모습이 드러났다.

청년— 이라고 하기엔 아직 이른 나이의 사내였다.

흑발흑안. 마른 체격에 장신. 기장이 긴 마도사 예복으로 온몸을 감싼 그 모습에서 딱히 이렇다 할 특징은 없었지만, 그렇기에 더더욱 두렵게 느껴지는 것은— 다름 아닌 **그 사람**의 눈이었다.

얼음장처럼 차가운 눈. 인간을 인간으로 보지 않는 것 같은 눈. 냉혹하고 예리한 살의가 넘실거리고, 누군가의 목숨을 거둘 때도 전혀 흔들리지 않을 것 같은 그 눈.

난 저 눈이 가장 무서웠다. 저 눈을 보기만 해도, 혹은 이쪽을 향하기만 해도 온몸이 움츠러들고 속이 뒤집어질 것만 같았다.

그 사람이 뒤를 향해 몇 번이나 방아쇠를 당기는 와중에도 그런 생각을 한 순간.

휘유우우우우우…….

무언가가 포물선을 그리며 공기를 가르는 소리가 위에서 들렸다.

화염구였다. 뜨겁게 타오르는 화염구 세 발이 우리를 향해 떨어지고 있었다.

"……악수(惡手)다, 아마추어."

하지만 **그 사람**은 예상했다는 듯 그쪽을 쳐다보지도 않고 방향을 전환했다.

그리고 이어지는 폭발음.

열파가 마치 거인이 팔을 휘두른 것처럼 주위의 나무들을 쓸어버리며 수해 일부를 단숨에 소각시켰고, 폭염이 타오르며 폭풍이 휘몰아치는 소리가 주변 일대를 지배했다.

그렇게 심해 같았던 어둠의 세계는 순식간에 홍련으로 물든 염옥으로 돌변했다.

인간의 목숨 따윈 일고의 가치도 없는 그야말로 이 세상의 종말 같은 광경.

"홋, 고맙게 됐수다. 그쪽에서 일부러 우리 모습을 지워줘서."

하지만 **그 사람**은 전혀 개의치 않고 말하며 그 자리에서 멈추고 뒤를 돌아보았다.

따라서 시선을 돌리자 붉게 타오르는 시야 속에서 몇 사람의 윤곽이 눈에 들어왔다.

그들은 뭔가를 찾는 것처럼 주위를 살피고 있었다.

"그리고 이쪽에선 너희가 훤히 다 보인다고!"

그러자 **그 사람**은 리볼버를 겨누고 격철을 연속으로 튕겼다.

총성, 총성, 총성, 총성, 총성. 어둠을 꿰뚫는 섬광들과 마탄(魔彈).

"으악!"

"아아아아악!"

경계하지 못한 방향에서 기습처럼 날아든 납탄의 폭풍우에 그림자들은 비명을 지르며 차례차례 쓰러졌다.

"마무리다! 《홍련의 사자여·분노에 몸을 맡기고·사납게 울부짖어라》!"

거기다 주문까지 영창해서 왼손에 생성한 화염구를 투척했다.

콰앙!

당황하는 추격자들 한복판에 떨어진 화염구가 굉음을 터트리며 무시무시한 폭염을 흩뿌리자, 또 몇 명의 목숨이 불꽃 속에서 허무하게 사그라졌다.

"제, 제기랄! 당했어! 저쪽이야!"

"노, 놓치지 마! 어서 쫓아!"

추격자들이 마구 고함을 질러대는 한편, **그 사람**은 다시 내 손을 잡고 더 깊은 숲속을 향해 질주하기 시작했다.

방금 사람을 몇 명이나 죽였는데도 조금도 개의치 않고 어둠 너머를 응시하는 그 모습은, 그야말로 지옥에서 올라온 전귀(戰鬼)처럼 보였다.

그 모습을 본 내 심장은 마치 마른걸레처럼 쥐어짜이는 것 같았다.

어쩌면 이대로 지옥 밑바닥까지 끌려가는 게 아닐까 해서.

'……무서워……무섭단 말야……!'

발밑이 무너지는 것 같은 감각 속에서 나는 넘어지지 않도록 달리면서 생각했다.

'이젠 싫어! 누가…… 누가 날 집으로 좀 보내줘!'

하지만 마음속 한구석에서는 냉정하게 자조했다.

집? ……무슨 그런 바보 같은 생각을.

나에게 이제 돌아갈 집 따위, 돌아갈 곳 따윈 없는데.

어머니에게 버림받은 내가 갈 곳 따윈 이제 어디에도 없는데.

'아아, 왜…… 대체 왜 이런 일이……!'

홍련의 염옥을 배경 삼아 다시 심연 같은 어둠의 세계로 달려가는 나는 두려움에 사로잡힌 채 지금까지 있었던 일을 주마등처럼 되새겼다.

————.

모든 일의 발단은 과연 무엇이었을까.

다정한 언니와 놀면서 나도 모르게 『힘』을 써버렸던 일일까.

그날 이후로 나를 둘러싼 모든 것이 돌변했다.

며칠 후, 어머니의 호출을 받아 도착한 곳에는 이 나라의 높은 사람들이 험악한 얼굴로 모여 있었다.

"당신을 왕실에서 추방하겠습니다. 이제 당신은 제 딸이 아니에요. 당신은 더 이상 엘미아나가 아닙니다."

그리고 차가운 표정으로 옥좌에 앉은 어머니에게 일방적

인 선언을 들었다.

왜? 어째서? 내가 아무리 울고불고 떼를 써 봐도 아무도 그 이유를 답해주지 않았다.

며칠 전까지만 해도 그토록 다정했던 어머니가 지금은 마치 더러운 쓰레기를 보는 것 같은 눈으로 날 노려볼 뿐.

훗날 그 결정이 이 나라와 아직 어린 날 지키기 위한 고육지책이었음을 이해하게 되는 날이 오지만, 당시의 나에게는 진실을 알 방도가 없었다.

버림받았다. 어머니와 언니가 세상의 전부였던 당시의 나에게는 오직 그것만이 진실이자 전부였을 뿐.

그리고 엘미아나라는 이름도 잃게 된 나는 **루미아**라는 별개의 인물이 되었다.

영문도 모른 채 태어난 집에서 쫓겨난 후, 어느 가문에 거두어졌다.

피벨 가문. 당주인 레너드는 어머니가 학창시절에 신세를 진 은사였고, 그의 아내 필리아나는 당시 절친이었다는 모양이다.

그런 부부 사이에는 나와 동갑인 딸, 시스티나가 있었다.

그들은 모두 날 환영해주었다. 진짜 가족으로 받아주려 했다.

하지만 나는 아니었다.

나는 그중에서도 유독 시스티나가 싫었다. 도저히 받아들일 수가 없었다.

왜냐하면 그들의 모습이 그야말로 『이상적인 화목한 가족』이었기에.

가족에게 버림받은 나와 달리 부모의 사랑을 단 한 번도 의심해본 적 없이 자란 행복한 소녀였기에.

이젠 내가 무슨 수를 써도, 아무리 간절히 원해도 손에 넣을 수 없는 것, 되찾을 수 없는 것을 그녀가 가졌기 때문이었다.

그런 행복한 소녀가 나를 동정? 연민? 공감? 구역질나.

이젠 한 가족이 되자? 친한 척 굴지 마.

노력하면 언젠가 반드시 행복해질 테니까? 잠꼬대는 자면서 하시지.

내가 잃어버린 모든 것을 가진 그녀가 너무나도 부럽고, 질투 나고, 미웠다.

시스티나의 천진난만함과 무신경함이 하나하나 신경에 거슬렸다. 화가 치밀었다.

왜 난 버려졌는데 애는 이토록 부모에게 사랑받고 있는 거지? 행복한 거지? 나와 시스티나의 차이는 대체 뭐길래. 왜 나만 이렇게 비참한 거지?

나도 애보다 몇 배는 착한 아이였는데……!

그래서 결국 난 삐뚤어졌다. 그야말로 손쓸 수 없을 정도로 난폭해졌다. 매일같이 시스티나를 괴롭혀서 울리고, 제

멋대로 굴어서 레너드와 필리아나를 난처하게 만들었다.

이제 내 인생 따윈 어떻게 되든 상관없었으니까.

이미 한 번 버림받은 신세. 그럼 두 번, 세 번도 얼마든지 있을 법했다.

이렇게 속을 썩이면 이 사람들도 언젠가는 정나미가 떨어져서 나를 버리겠지.

나 같은 건 이제 그냥 세상에서 사라져버렸으면…….

―――――.

그렇게 주위의 호의에 기댄 채 응석 아닌 응석을 부리던 어느 날.

재앙은 갑자기 아무런 전조도 없이 찾아왔다.

평소처럼 떼를 쓰고, 시스티나를 울리고, 감정이 시키는 대로 집을 뛰쳐나와 정처 없이 거리를 걷고 있던 난 인적이 드문 뒷골목에서 머리에 뭔가가 씌워졌다.

"……?!"

갑작스러운 사태에 난 혼란에 빠졌고, 울부짖을 틈은커녕 소리를 지를 틈도 없었다.

눈 깜짝할 사이에 온몸을 끈 같은 걸로 꽁꽁 묶여서 들어 올려졌다.

누군가가 귓가에 뭐라고 속삭이자 갑자기 의식이 멀어졌다.

그리고…….

—————.

"이 자식! 너 지금 장난해?!"

"아앙?! 이게 전부 내 탓이라는 거야?!"

처음 듣는 남자들의 거친 목소리에 루미아는 눈을 떴다.

"……으응……."

아직 몽롱한 의식 속에서 멍하니 주위를 살피자, 그곳은 어딘가의 목조 가옥이었다.

노후화가 심한 데다 자욱한 먼지. 곰팡이가 피고 썩은 목재의 시큼한 냄새. 구석에는 먼지가 쌓였고 천장에는 거미줄도 쳐져 있었다.

그렇게 벌써 몇 년이나 아무도 살지 않고 방치된 폐허 같은 인상이었다.

루미아는 그런 오두막 한쪽의 나무상자들 사이에 손발이 묶인 채 누워있었다. 살짝 몸을 뒤척이자 목재 바닥이 작게 비명을 질렀다.

어두컴컴한 방안을 흐릿하게나마 비추는 것은 벽에 걸린 오일식 램프.

깨진 유리창 밖은 캄캄해서 아무것도 보이지 않았다. 아무래도 밤인 모양이다.

그리고 주위에는 낯선 이들이 몇 명이나 서 있었다.

전원이 옷을 검은색 복장으로 갖춰 입은 데다 눈만 내놓은 마스크로 얼굴을 가려서 성별이나 연령대는 파악할 수 없었지만, 분위기로 봐선 양지의 인간은 아니었다.

수는 약 십여 명.

그리고 하나 같이 궁지에 몰린 표정으로 살기등등했다.

"어떻게 해야 피벨가의 영애님과 이런 어디서 굴러먹다 온 지도 알 수 없는 소변 냄새도 가시지 않은 꼬맹이를 착각할 수 있는 건데?! 너 눈깔 삔 거 아냐?!"

"아앙?! 그럼 어쩌라고! 이게 피벨 저택에서 나오는 게 보였으니 어쩔 수 없잖아! 난 피벨가에 이런 꼬맹이가 하나 더 있다고 들은 기억이 없는데!"

"넌 작전 보고서에 실린 사진조차 제대로 못 보는 장님이 었냐?"

"아앙? 말 다했냐? 진짜 죽고 싶어? 밖으로 나와!"

말다툼을 벌이는 패거리 사이에 일촉즉발의 분위기가 감돈 순간.

"그쯤 해둬."

누군가의 목소리에 오두막 안이 단숨에 조용해졌다.

그 인물의 정체는 루미아의 옆에 있는 나무상자에 다리를 꼬고 앉은 여성이었다. 복장은 마찬가지로 검은색이지만 혼자만 마스크를 쓰고 있지 않았다.

미녀라고 해도 좋을 단정한 외모이나, 얼굴에 있는 몇 개의 흉터가 그 미모와 상승작용을 이루어 상당한 위압감을 연출했다.

그리고 성별은 어디까지나 신체적인 차이일 뿐이라는 것을 증명하는 것처럼 전신에서는 우는 아이도 뚝 그칠 법한 사나운 기백과 냉혹한 압력을 뿜어내고 있었다.

누가 봐도 범상한 인물이 아니었다.

"하, 하지만 말입니다! 카, 칼리사 누님……!"

"그만하라고 했지."

냉혹한 목소리와 동시에 푹! 하는 소리가 들리고 누군가가 바닥에 쓰러졌다.

그 누군가는 말투로 봐선 루미아를 직접 납치한 인물인 듯했다.

이마에 거대한 나이프가 꽂혀서 이미 숨이 끊어진 상태다.

칼리사라 불린 여성이 눈에 보이지 않는 속도로 나이프를 투척해서 목숨을 앗아간 것이다.

"난 무능한 개가 싫어. 말귀를 못 알아듣는 개는 더 싫고."

그러자 이 자리의 모두가 입을 다물었다.

그 누구도 칼리사의 만행을 비난하지 않았다. 그녀를 거스르지 못했다.

모두가 하나 같이 경외심이 가득한 광기에 물든 눈으로 조용히 그녀를 쳐다보았다.

칼리사가 이자들의 리더라는 건 이미 명백했다.

그리고 루미아는 바닥에 쓰러진 시체와 눈이 마주친 순간.

"히익?!"

무심코 비명을 지르고 말았다.

그러자 방 안의 모든 시선이 일제히 그녀에게 모였다.

"호오? 정신이 들었나? 잠자는 공주님."

칼리사는 냉혹하게 웃으며 상자에서 일어났다.

그리고 루미아의 옆에서 한쪽 무릎을 꿇더니 턱을 살짝 들고 눈을 들여다보았다.

"크크…… 운이 없었네. 뭐, 웃기지도 않는 이야기야. 이쪽의 착오였어. 널 피벨 영애로 착각한 우리, 악당들에게 납치당한 상황이지."

"……아…… 왜 이런 짓을……."

"훗, 별거 아닌 시시한 이유야. 몸값을 노리고…… 뭐, 우리는 이른바 테러리스트거든. 최근에 조직이 큰 실수를 저지른 탓에 해외 도피자금이 필요했어. 그래서 페지테에서 유명한 대지주이자 대귀족인 명문 피벨가의 영애를 납치해서 몸값을 듬뿍 뜯어내려고 했던 건데…… 크큭큭."

칼리사는 즐거운 건지 화가 난 건지 도통 알 수 없는 위험한 미소를 지었다.

루미아는 그 순간, 눈앞의 이 여자가 한순간의 변덕으로 자신을 벌레처럼 죽일 수 있는 위험인물이라는 것을 깨닫고 새파랗게 질려서 몸을 떨었다.

"그건 그렇고…… 어쩌시겠습니까? 칼리사 님."

그러자 주위의 누군가가 발언했다.

"그 소녀가 피벨 영애가 아닌 이상, 피벨가는 돈을 지불할 이유가 없습니다. 이대로는 모든 계획이 물거품으로 돌아가겠지요."

"차라리 팔아치우는 게 어떻습까? 자세히 보니 아직 어리지만 꽤 예쁘장하네요. 이거면 돈을 아끼지 않고 사줄 놈들이 얼마든지 있을 것 같습니다만."

"바보. 그럴 시간이 어딨어? 죽여서 묻어버리는 편이 나아."

"잠깐. 그건 성급한 판단이야. 마술 의식의 산제물, 마도 인형의 소체, 마술 실험체 등의 이유로 어린아이의 시체를 원하는 외도 마술사는 얼마든지 있어. 적어도 시체는 보존해두는 편이 낫겠지."

잇따라 튀어나오는 발언은 그야말로 다른 세상의 이야기였다.

인간의 추악함과 저열함과 악의와 어둠이 응집된 대화 내용은 끔찍하게도 그들에게는 일상인지 아무런 의문과 양심의 가책도 느끼지 못하고 있었다.

이 순간, 루미아가 깨달은 것은 이제 자신은 끝났다는 것.

자신의 운명은 여기까지라는 것.

루미아 틴젤은 오늘 여기서 죽으리라. 사회적으로도, 육체적으로도.

"아……아……아아아……."

공포와 절망에 몸서리를 친 순간.

"훗, 너희들. 적당히 해둬. 잠자는 공주님께서 무서워하시잖아."

칼리사가 냉혹하게 웃으며 제지했다.

"숙녀는 좀 더 정중하게 다뤄야지. ……안 그래?"

"하지만 누님…… 실제로 그 꼬맹이를 어떻게 처분할지 빨리 정하지 않으면……."

"하하하! 그대로 팔든, 토막 내서 팔든 난 딱히 상관없어. 다만, 이 일을 저지른 리스크에 비해 돌아오는 게 적어. 이왕 처분할 거면 좀 더 이익이 되는 쪽이 낫잖아?

"……누님. 무슨 좋은 생각이 있으신 겁니까?"

"……뭐, 잠깐 기다려봐. 흐음……."

칼리사는 부하들의 질문에 대답하지 않고 값을 매기는 것 같은 눈으로 루미아를 지그시 살폈다.

자비심 따위 눈곱만큼도 없는 유리구슬 같은 눈이 전신을 뱀처럼 훑자, 루미아는 소용없다는 걸 알면서도 몸을 뒤척여서 그 시선에서 벗어나려 했다.

그 칼날 같은 시선이 닿기만 해도 피가 나고 수명이 깎여나갈 것 같은 감각을 필사적으로 견뎠다.

"흥, 그렇군. 소문에 불과하다고 생각했는데…… 넌 어쩌면……."

칼리사가 뭔가를 깨달은 순간, 갑자기 문이 거칠게 열리며 새로운 인물이 숨을 헐떡이며 안으로 허겁지겁 들어왔다.

"크, 크크크, 큰일이야!"

"뭐야? 소란스럽게."

칼리사는 혀를 차며 그 남자를 흘겨보았다.

"바, 방금 별동대인 정보팀에서 연락을 보냈습니다! 특무분실이……!"

몇 번이나 숨을 가다듬은 남자는 세상에 종말이 온 것 같은 표정으로 다시 외쳤다.

"제, 제국 궁정 마도사단 특무분실이 움직였습니다! 그 꼬맹이를 납치한 저희를 쓸어버리려고……!"

그 순간, 전원이 마치 날벼락이라도 맞은 듯 충격을 받았다.

"뭐, 뭐라고?! 특무분실?"

"제국군 최강의 그 처형 부대가?!"

이 자리에 있는 그들은 테러리스트로서 뒷세계를 살아온 자들이다.

그래서 특무분실의 이름과 거기에 소속된 집행관들의 괴물 같은 실력을 풍문으로 들어 알고 있었다.

"별동대인 정보팀은 조금 전에 특무분실의 집행관 넘버 17 《별》과 넘버 3 《여제》의 습격을 받고 속수무책으로 전멸! 그리고 생존자가 죽기 직전에 저희에게 마지막으로 이런 말을 남겼습니다! 『집행관 넘버 0 《광대》가 이미 이쪽으로 가고 있다』고!"

"지, 집행관 넘버 0《광대》라고?!"

《광대》라는 단어가 언급된 순간, 그들의 혼란과 동요가 더욱 가속화되었다.

"말도 안 돼. 대체 왜…… 어째서 그놈들이……!"

"왜 고작 이런 일에 그 특무분실이……《광대》가 움직인 거지?!"

"아아, 끝장이야. 우린 이제 다 끝장이라고!"

하지만.

"큭큭큭…… 그렇게 된 거였나."

칼리사가 무척 유쾌하다는 듯 웃어버리자, 곧 혼란이 가라앉았다.

"가, 갑자기 왜 웃으시는 검까! 칼리사 누님! 누님도 아시잖아요! 《광대》라고 하면……!"

"그래. 나도 알아. 그래서 덕분에 확신이 생겼거든."

칼리사는 바닥에 누운 루미아에게 시선을 내렸다.

루미아는 그 시선에서 벗어나려고 필사적으로 눈을 돌렸다.

"이건 세간에서 보기엔 평범한 유괴 사건이야. 더구나 이 아이는 피벨가와는 아무런 인연도 없는 소녀…… 아니, 만약 피벨 영애였다고 해도 이 정도의 안건에 특무분실이 움직이는 건 아무리 생각해도 이상해. 그렇지 않아?"

"그건…… 그 말씀대로입니다만, 실제로는……."

"특무분실은 알자노 제국 여왕의 심복이야. 어쩔 수 없는 유사시에 모든 중간 과정을 생략하고 여왕이 직접 움직일 수 있는 마지막 비장의 패. 그런 비장의 패를…… 이런 꼬맹이를 위해 움직인 이유는 대체 뭘까? 답은 간단해. 이 녀석은 평범한 꼬맹이가 아니었다는 뜻이지."

칼리사의 설명을 들은 부하들은 서로 얼굴을 마주보며 당혹스러워 하기 시작했다.

"난 이 꼬맹이의 정체에 짚이는 데가 있었어. 그리고 방금 특무분실이 움직였다는 걸 듣고 확신했지. 틀림없어. 빙고야. 우리는 별 돈도 안 되는 은화 자루를 훔친 줄 알았는데 알고 보니 황금이 가득 담긴 보물 상자였던 셈이지."

"그, 그럴 수가. 그럼 그 꼬맹이의 정체는 대체……!"

"흥. 그건 아직 너희들에게는 말 못 해. 입이 싼 바보들인데다 만에 하나라도 배신하면 곤란하니까 말야."

"배, 배신이라뇨! 그럴 리가 없잖습니까! 저희는……!"

칼리사는 항의하는 부하들을 손으로 제지하고 다시 입을 열었다.

"안심해. 난 이 꼬맹이를 더 비싸게 사줄 거래처와 연줄이 있으니까. ……흐음, 아마 하늘의 지혜 연구회라면 우리가 부르는 대로 값을 쳐주겠지."

"하, 하늘의 지혜 연구회……?!"

"뒷세계의 암부이자, 세계 최대급 비밀결사인 그……?!"

칼리사는 눈을 부릅뜨고 마른침을 삼키는 부하들을 마지

막으로 돌아보며 선동했다.

"그래, 한 몫 단단히 챙기는 걸로 끝이 아니라 잘하면 그 대로 그 조직에 입회할 수도 있겠지. 어때? 밥줄이 끊긴 양 아치인 우리가 세계 최강인 지하조직의 구성원이 되는 거라 고? 하하하, 이젠 다 끝장난 줄 알았는데 시점을 바꿔보니 우리 눈앞엔 영광스러운 길이 펼쳐져 있었던 셈이지. ……어 때? 너희도 이 빅 찬스에 올라탈 거냐? 너희의 목숨을 칩 으로 바꿔서 나한테 걸어볼 생각은 없어?"

"저, 저는…… 누님을 따르겠습니다!"

"나, 나도!"

그러자 부하들은 저마다 주먹을 치켜들며 동의하기 시작 했다.

"칼리사 님의 말은 틀린 적이 없으니까요!"

"그래! 애초에 지금 우리가 궁지에 몰린 것도 윗대가리들 이 멍청해서 그런 거잖아! 처음부터 칼리사 씨가 모든 걸 지 휘했다면 이렇게까지 되진 않았을 거야!"

"우린 처음부터 물러설 곳이 없었어! 그럼 여기에 걸어보 는 수밖에!"

"그래! 어디 한 번 해보자고!"

부하들은 어느새 칼리사를 중심으로 일치단결했다.

이런 거칠기 짝이 없는 인간들을 단숨에 포섭한 카리스마 는 그야말로 훌륭했다.

"......."

그리고 그런 악당들을 지켜보는 루미아는 체념한 눈으로 조용히 눈물을 흘렸다.

————.

앞으로의 방침을 면밀히 검토한 칼리사 일행은 바로 제각기 행동을 개시했다.

먼저 칼리사가 특수 레이라인 회선을 사용한 통신 마술로 옛 지인인 하늘의 지혜 연구회 멤버와 연락을 취했다.

그리고 마치 여왕과 가까운 위치에 있는 것처럼 왕실의 내부 정보를 자세히 아는 그 인물의 지시를 받은 조직의 구성원이 파견될 때까지 이 자리에서 대기하기로 했다.

그렇다면 이제부터 그들이 해야 할 일은 단순했다.

현재 이쪽을 향하는 집행관 넘버 0《광대》를 요격.

그리고 거래할 루미아 틴젤의 사수.

칼리사는 부하들에게 지시를 내려 오두막 주위에 결계를 구축해서 거점 방어를 굳혔다.

현재 그들의 총병력은 고작 스무 명.

하지만 전원이 역전의 외도 마술사였다.

그런 실력 있는 마술사들이 몇 겹이나 중첩시킨 결계로 방어가 견고해진 이 광대한 수해 안의 오두막은 이미 거의 요새나 다름없을 터.

그들 모두, 설령 《광대》가 아무리 뛰어난 실력의 집행관이라 할지라도 이 아성을 무너트리는 건 불가능하다고 확신하며 눈앞까지 다가온 영광스러운 미래를 머릿속으로 그렸다.

————.

무거운 침묵. 피부가 저릿거리는 긴장감.

모두가 그저 시간이 흘러가는 것만 기다리는 공백의 시간.

그렇게 시간이 느리게 흐르는 것 같은 착각 속에서 루미아는 공허한 눈으로 바닥의 나뭇결을 세고 있었다.

"살 수 있을지도 모른다는 희망은 버려."

그러자 다시 나무상자 위에 앉은 칼리사가 그런 말을 건넸다.

"……?"

루미아는 팔다리를 묶여서 누운 자세로 칼리사에게 고개를 들었다.

현재 이 방 안에 있는 것은 칼리사를 포함한 다섯.

다른 부하들은 오두막 주위의 보초를 서는 중이었다.

그들은 일정 시간마다 내부와 바깥의 경비를 교대해가며 수비를 굳히고 있었다. 실제로 루미아가 보는 앞에서 벌써 몇 번이나 인원이 교체되었다.

그러던 중 그들의 리더인 칼리사가 갑자기 말을 건 것이다.

"아니, 뭐…… 섣부른 희망을 갖고 저항이라도 하면 귀찮을 것 같아서 말이다."

그녀는 루미아를 내려다보며 일방적으로 말했다.

"……여기로 오고 있다는 집행관 넘버 0《광대》가 대체 어떤 인간인지 조금 설명해주지."

"……."

"그자는 이 업계에서는 유명인이야. 냉혹한 마술사 킬러. 대체 무슨 수를 쓴 건지 모르겠지만, 놈 앞에서는 그 어떤 마술사도 무력한 허수아비가 될 수밖에 없다더군. 놈이 해치운 달인급 외도 마술사는 드러난 것만 쳐도 이미 스물이 넘어. 실제로는 더 많이 죽였겠지만 말야. 그야말로 위협적인 적이야. 내가 아는 동업자도 둘이 살해당했어. 누구에게지는 모습 따윈 상상도 할 수 없는 실력자였는데 말이지. 하! 그야말로 악마나 사신(死神) 같은 사내지."

"……."

"그런 사내가 여기로 오고 있다는군. 아마도 널 버린 여왕 알리시아 7세의 칙명을 받고…… 그게 무슨 의미인지 알겠나?"

"……?!"

예상치 못한 순간에 어머니의 이름이 언급되자 루미아는 눈을 크게 떴다.

하지만 그 눈에는 서서히 납득하는 빛이 어렸다.

"그래. 그《광대》가 굳이 널 구하러 올 리가 없어. 오히려……
우리와 같이 처분하러 오는 걸 거다."

"……아……."

"이제 알겠어? 왕녀님. ……소문으로 들었어. **저주받은 너**
는 왕실과 제국 정부의 아킬레스건이라고. 이대로 내버려둘
수도 없고, 그렇다고 남들이 보는 앞에서 공공연히 구출 명
령을 내릴 수도 없지. ……그럼 어쩌면 좋을까? 세상에서 지
워버리는 게 가장 손쉬운 방법일 거다."

"그, 그럴 수가……."

루미아의 얼굴에 한층 더 짙은 절망이 퍼져 나갔다.

거짓말. 믿을 수 없어.

분명 어머니는 날 버렸지만, 설마 그렇게까지 할 리는…….

하지만 헤어지는 순간에 어머니가 보였던 그 한없이 차가
운 시선은?

애당초 구출할 거라면 왜 하필 그런 무서운 사람을 보낸
거지?

어쩌면 어머니는 정말로 나를……?

"……으……아, 아아아……."

이런 극한 상황에서 고작 열세 살의 소녀가 정상적인 판
단을 할 수 있을 리 없었고, 더 큰 공포와 혼란에 빠진 루미
아는 눈물을 뚝뚝 흘리기 시작했다.

"……훗."

자신이 한 말의 성과를 확인한 칼리사는 냉혹하게 웃었다.

이것으로 만약 《광대》가 루미아의 신병을 확보하더라도 이 소녀는 그의 족쇄가 될 터.

'뭐, 《광대》가 이 꼬맹이를 처리하러 오는 건 아마 사실이 겠지만. 그래도 주의해둬서 나쁠 건 없겠지.'

칼리사가 그렇게 이번 계획의 완벽한 성공을 확신한 순간.

위잉, 위잉, 위잉…….

마치 금속이 울리는 것 같은 소리가 들렸다.

그러자 밖이 분주해졌고, 부하 중 하나가 안으로 들어왔다.

"수해 안에 펼친 색적 결계에 반응 확인! 포인트 B-41, 침입자입니다!"

"전력은?"

긴장이 고조된 분위기 속에서 칼리사는 냉정한 목소리로 물었다.

"한 명! 사전 정보와 대조한 결과…… 적은 《광대》가 틀림 없는 것으로 추정됩니다."

"그런가. 등장이 좀 늦는다 싶더니 이제야 납셨군."

칼리사는 싸늘하게 웃으며 일어섰다.

"멍청한 놈. 포인트 B-41에서 침입하면 이쪽의 허를 찌를 줄 알았나? 아무래도 마술사 킬러님은 소문만큼 실력이 대단하진 않은 것 같군. ……뭐, 좋다. 작전대로 알파, 베타 팀은 내 지휘하에 요격을 개시한다! 감마 팀은 이 계집을 감시하도록. 이상!"

"""예!"""

칼리사의 지시를 받은 부하들은 일사불란하게 움직이기 시작했다.

어리석게도 이 수해의 요새에 발을 들여놓은 불쌍한 개를 참살하기 위해.

————.

틱, 틱, 틱.

어두컴컴한 오두막 구석에 방치된 반쯤 망가진 벽시계의 초침 소리가 비정하게 울리는 한편, 루미아는 무거운 침묵에 숨이 막힐 것만 같았다.

"……."

칼리사 일행이 의기양양하게 떠난 지금 이 안에 남은 부하들은 딱 다섯.

그들은 팔짱을 끼고 벽에 기대거나, 담배를 피거나 하며 조용히 대기하고 있었다.

이대로 이 답답한 시간이 영원히 계속될 것만 같은 착각 속에서 루미아는 불현듯 등골이 싸늘해지는 것을 느꼈다.

"……."

태어나서 처음으로 겪는 생리적 혐오감.

다섯 부하들 중 약간 뚱뚱한 체격의 남자가 자신을 뚫어지게 쳐다보는 걸 깨달았기 때문이다. 남자는 시선이 마주치자 일단 눈을 돌렸다.

틱, 틱, 틱.

시계가 완만히 시간의 흐름을 알리는 가운데, 남자는 몇 번이나 자신의 몸을 징그럽게 훑었다.

어느새 그뿐만이 아니었다.

팔짱을 끼고 벽에 등을 기댄 자와 입구에서 감시를 선 자를 제외한 나머지는 모두 자신의 몸을 힐끔거리고 있었다.

"……!"

그런 왠지 모를 이상야릇한 분위기는 점점 강해졌다.

터무니없이 불길한 예감이 든 루미아는 그 시선들에서 벗어나기 위해 몸을 뒤척였지만, 바닥이 끼익거리는 소리만 나는 것에 그쳤다.

"거 참, 한가하구만."

그리고 누군가가 갑자기 내뱉은 말이 신호가 되었다.

"……그냥 해버릴까?"

뚱뚱한 남자가 루미아를 향해 천천히 다가왔다.

"헤헤, 좋지. 나도 낄게."

"뭐, 시간 때우기는 되겠군."

그러자 다른 두 남자도 서서히 걸음을 옮겼다.

"······히익?!"

루미아는 이상한 분위기를 풍기며 다가오는 악당들에게서 벗어나기 위해 발버둥 쳤지만, 팔다리가 묶인 상황에서는 어쩔 방도가 없었다.

그러던 중 뚱뚱한 남자가 자신의 몸을 깔고 누르며 덮쳤다.

자세히 보니 눈은 흥분 때문에 핏발이 서 있었고, 냄새나는 숨이 얼굴에 닿았다.

옆에 선 두 남자는 히죽거리며 자신을 내려다보고 있었다.

"히히히······ 이런 꼬맹이도 여자는 여자······ 여자를 안는 건 오랜만이군."

"뭐, 가끔은 이런 오줌 냄새나는 어린애로 빼는 것도 나쁘진 않을지도."

"응? 너, 뭘 모르는구만. 오히려 이런 어린애가 더 좋은 거라고."

"켁! 너 로리콤이었냐. 좀 깨네."

악당들은 제멋대로 지껄여댔다.

아직 열세 살이지만, 왕족으로서 특별한 교육을 받아온 루미아는 이런 종류의 지식이 전혀 없지는 않았다.

그래서 이제부터 자신에게 대체 무슨 일이 일어날지 깨달았다. 깨닫고 말았다.

"시······싫어! 제발······ 그만두세요!"

루미아는 새파랗게 질린 얼굴로 눈물을 글썽이며 저항했지만, 이런 상황에선 무력할 수밖에 없었다.

더구나 이런 어중간한 저항은 오히려 악당들의 가학심만 자극할 뿐이었다.

"하하하! 좀 잘 보라고! 이 계집, 어린애 주제에 엄청 미인이지 않아?"

악당은 루미아의 턱을 잡고 그녀의 외모를 감상했다.

"어, 잘 보니 진짜 그렇네? 고급 창관에서도 보기 드문 외모야. 이건 장래가 두렵구만!"

"휘유~! 이런 여자라면 나이가 좀 어린 것도 문제없겠어."

루미아를 에워싼 남자들이 천박하게 웃었다.

더는 인간으로도 보이지 않았다. 이것들은 인간의 탈을 쓴 짐승들이었다.

"후우~ 이래서 남자란 것들은. ……흥, 최대한 빨리 끝내."

입구 근처에 서 있는 인물은 아무래도 여자였는지 여흥에 낄 생각이 없어 보였다.

하지만 어깨만 으쓱거릴 뿐, 남자들의 만행을 말릴 생각도 없어 보였다. 어차피 그녀도 그들과 똑같은 짐승이기 때문이리라.

"이봐, 그쯤 해둬. 우리가 칼리사에게 받은 명령은 감시와 대기라는 걸 벌써 잊은 거야?"

다만, 팔짱을 낀 채 벽에 등을 기댄 인물이 경고했다.

"아앙? 뭐야 넌. 우등생처럼 굴긴."

루미아를 에워싼 남자들은 벽에 등을 기댄 남자를 짜증스럽게 노려보았다.

문 앞의 여자도 이제 와서 착한 척하지 말라는 듯 차가운 시선을 보냈다.

"야야, 걱정하지 마. 칼리사 누님은 이런 거엔 **관대한** 사람이잖아? 지금까지 우리가 몇 번이나 이래도 뭐라 한 적 있었어?"

"그래. 평소처럼 죽이지만 않으면 문제없겠지."

"그보다 너도 안 낄래? 헤헤…… 너도 쌓여 있잖아?"

남자들은 각자 그렇게 대답했다.

"……"

벽에 등을 기댄 남자는 할 말이 없어졌는지 그대로 입을 다물고 루미아에게서 시선을 돌렸다. 그러자 루미아를 에워싼 세 남자는 다시 루미아에게 관심을 돌리고 천박한 만행을 재개했다.

"자, 그럼…… 먼저 네 몸부터 느긋하게 감상해볼까?"

"일단 끈부터 풀어. 방해돼."

"팔다리는 꽉 붙들고 있으라고. 큭큭큭."

이제야 끈이 풀렸지만, 팔과 다리는 남자들의 손에 붙잡힌 채 꼼짝도 할 수 없었다.

그리고 뚱뚱한 남자는 루미아의 옷을 단숨에 찢어버리려

는 듯 앞자락에 손을 가져다 댔다.

"시, 싫어! 안 돼애애애애애애애! 누가! 누가 좀 도와주세요……!"

울부짖으며 필사적으로 저항했지만, 성인 남자 셋에게 제압당한 상황에선 소용없었다.

루미아는 생각했다.

정말, 대체, 왜 이렇게 된 걸까?

왜 내가 이런 비참한 꼴을 당해야 하는 거지?

'내가…… 그런 저주받은 『힘』을 가지고 태어나서……?'

그렇다. 이건 전부 그 『힘』 때문이다.

그 『힘』을 남들에게 보인 탓에 어머니는 사람이 돌변해서 자신을 버렸다.

거기다 추방당해서 온 피벨가에선 시스티나로 착각해 납치당하기까지 하지 않았나.

'이……이런 저주받은 『힘』만 없었다면……!'

공포와 절망과 혼란 속에서 그런 생각만 머릿속을 빙글빙글 맴돌았다.

"꺄하하하하하! 좋구만 좋아! 그 반응! 아주 꼴려! 그럼 이제 개봉박두……!"

마침내 남자가 손에 힘을 주고, 옷이 살짝 찢어진 순간.

탕!

화약이 터지는 소리가 실내에 울려 퍼졌다.

그리고 루미아의 얼굴에 따뜻한 액체가 철퍽 소리를 내며 튀었다.

"……어?"

옷을 찢으려 했던 뚱뚱한 남자가 그대로 실이 끊어진 인형처럼 루미아의 몸 위로 쓰러졌다. 관자놀이에 뚫린 구멍에서는 피와 뇌가 흘러나오고 있었다.

"……젠장, 저질렀구만. 예정이랑 완전히 어긋나버렸잖아. 어쩔 거야 이거."

루미아가 조심스럽게 시선을 들자, 조금 전까지 벽에 등을 기대고 있던 남자는 어느새 바로 옆에 서 있었다.

그의 손에는 고풍스러운 퍼커션 캡 방식의 리볼버가 들려 있었으며, 총구에서는 하얀 연기가 피어오르고 있었다.

"……어……?"

"아……."

총을 든 남자의 갑작스러운 흉행에 한순간 실내의 시간이 멈춰버린 것이다.

"너, 너 이 자식. 이게 무슨 짓이야!"

곧 다른 남자가 달려들었지만, 그보다 먼저 총구가 움직였다.

총을 든 남자는 격노해서 달려드는 남자의 미간에 말없이 총구를 대고, 망설임 없이 방아쇠를 당겼다.

탕!

그러자 회색 화약이라 불리는 마술 작약이 점화되는 동시
^{애시 파우더}
에 총구에서 배출된 구형 탄두의 막대한 운동 에너지가 남
자의 머리뿐만 아니라 몸까지 뒤로 날려버렸다.

그렇게 또 새로운 시체가 생기고 말았다.

"마술 탄환?! 너, 넌 대체 정체가 뭐야!"

"치잇! 적이었어?"

그제야 총을 든 남자를 『적』으로 인식한 나머지 둘이 반
응했다.

그들은 훈련받은 전사 특유의 세련된 움직임으로 점프해
서 거리를 벌리고, 동시에 주문을 영창했다.

《뇌제의 섬창이여》!"

《뇌제의 섬창이여》!"

과연 역전의 마술사답게 그들이 선택한 어설트 스펠은 흑
마【라이트닝 피어스】.

이 짧은 거리에서 한 소절 영창으로 발생시킨 전격은 그
어떤 카운터 스펠로도 대처할 수 없을 터.

기적적으로 대응한다 해도 상황은 2대1. 십자포화다.

한쪽 전격은 막아도 다른 방향에서 날아든 전격은 피할
수 없다.

총을 든 남자의 운명은 여기서 끝이었다.

"아앗?!"

"이럴 수가! 어째서……?!"

하지만 악당들의 【라이트닝 피어스】는 발동하지 않았다.

그들은 이런 상황에서 실수를 저지르는 애송이가 아니었다.

하지만 틀림없이 주문을 외웠는데도, 틀림없이 주문 발동에 필요한 다섯 공정을 완벽하게 마쳤는데도 어째선지 정작 중요한 주문이 발동하지 않았다.

"흡!"

그 순간, 총을 든 남자가 탄력 있게 몸을 날렸다.

왼쪽 손가락 사이에 낀 카드 같은 종이를 버리고 그대로 오른손에 쥔 권총의 공이치기를 빠르게 패닝.

엄지, 검지, 약지로 한 번에 해머를 세 번 튕기는 겟 오프 쓰리샷.

거의 한 발처럼 들리는 총성과 함께 사출된 세 발의 탄환이 남자 쪽 악당의 미간, 목, 가슴을 동시에 명중시키며 확실히 숨통을 끊어놓았다.

"……컥?!"

그렇게 수평으로 날아간 남자는 벽에 충돌했다. 이것으로 바닥에 쌓인 시체는 셋.

"히, 히이이익?!"

비명을 지른 마지막 여자는 다시 주문을 영창하기 시작했다.

《뇌, 뇌제의 섬창이여》! 《우, 울부짖어라 불꽃의 사자여》!"

하지만 아무리 주문을 외워도 마술은 전혀 발동하지 않

았다.

익숙한 파괴의 힘은 단 한 번도 현실에 발현되지 않았다.

"《빙랑의 조아여》! 어, 어째서! 대체 왜 주문이……!"

반쯤 이성을 잃은 채 뒷걸음질 친 여자의 등이 벽에 닿았다.

"……!"

그러자 총을 든 남자는 마치 매직쇼처럼 변장을 풀었다.

그리고 등장한 것은 제국 궁정 마도사단 특무분실의 마도
사 예복을 입은 청년이었다.

그는 여자를 향해 빈틈없이 총을 겨눈 채 걸음을 옮겼다.

"어…… 특무분실의 집행관……?"

공포에 질려서 다리에 힘이 풀린 건지 여자는 그 자리에
주저앉았다.

그리고 그 순간, 불현듯 뭔가가 눈에 들어왔다.

조금 전에 청년이 버린 카드가 옆에 떨어져 있었다.

그 카드의 정체는 아르카나 타로. 그리고 표면에는『광대』
를 암시하는 그림이 그려져 있었다.

"……『광대』?! 서, 설마……!"

그제야 모든 것이 이해된 여자는 온몸을 떨면서 외쳤다.

"서, 설마…… 네가 그 《광대》 글렌 레이더스?!"

그런 여자의 입을 다물게 하려는 듯 청년은 그녀의 미간
에 총구를 가져다댔다.

한없이 싸늘한 눈.

인정도 자비도 없는 그 눈에서 인간다운 감정은 한 톨도 느껴지지 않았다.

"히, 히익……?!"

여자는 손을 맞잡고 빌면서 마구 울부짖었다.

"……사, 살려주세요! 전 죽고 싶지 않아요! 제발! 투항할게요! 뭐든지 다 할게요! 그, 그러니 목숨만은……!"

하지만 청년은 마치 이게 대답이라는 듯, 망설임 없이 방아쇠를 당겼다.

탕!

총성과 함께 허공에 핀 혈화.

그렇게 청년은 마치 작업하는 것처럼 바닥에 새로운 시체를 쌓았다.

"아, 아, 아아아아아……!"

그런 일방적인 학살극을 지켜본 루미아는 시체가 지금 자기 몸 위에 있다는 것도 잊은 채 울면서 몸을 떨었다.

"아, 젠장…… 모처럼 《법황》의 특제 인식 조작 위장 결계를 걸고 고생해서 잠입했는데 이걸로 전부 날려먹었구만. ……뭐, 덕분에 『공주』를 일찍 확보한 셈 쳐야겠군."

배럴웨지를 뽑아 리볼버를 총신과 프레임으로 분리한 글렌은 다 쓴 탄창을 떨어트리고 새 탄창을 끼웠다.

그리고 바닥에 떨어진 광대 아르카나를 주워들고 루미아

를 돌아보았다.

"……울지 마. 조용히 있어."

하지만 그 말을 신호로 멈춰있던 루미아의 시간이 움직이기 시작했다.

루미아는 두려웠다. 글렌이라는 청년의 모든 것이 두려웠다.

그는 아무런 망설임도 없이 적들을 몰살했다. 전의를 상실한 적에게도 용서가 없었다. 아무리 애원해도 들은 척도하지 않았다.

자신을 내려다보는 저 어둡고 냉혹한 눈. 도저히 같은 피가 흐르는 인간으로 보이지 않았다. 분명 지금까지 이렇게 사람을 몇 명이나 죽여 온 것일 터. 그래서 저런 인간 같지도 않은, 나락의 밑바닥 같은 어두운 눈을 하고 있는 것이리라.

틀림없다. 이 글렌이라는 청년이야말로 소문의 《광대》.

어머니가 보냈다고 하는 냉혹한 마술사 킬러.

듣던 대로 그는 루미아를 납치한 외도 마술사들을 학살했다.

그렇다면 이다음 일어날 일은 쉽게 예상이 갔다.

분명 자신의 차례일 터.

어머니에게 버려진, 어머니에게는 필요 없는 아이인 자신은 살아있어선 안 되는, 살려둘 수 없는 존재일 테니까.

"안심해. 난 널 구하러……."

"시, 싫어어어어어어어!"

그래서 감정이 폭발하는 걸 멈출 수 없었다.

글렌이 뭔가 말했지만, 귀에 전혀 들어오지 않았다.

반쯤 이성을 잃고 시체 밑에서 빠져나온 루미아는 문을 향해 허겁지겁 달려갔다.

"사, 살려줘요! 누가, 누가 좀 살려주세요!"

"아, 아차!"

루미아가 글렌의 옆을 지나치려는 순간, 그는 엉겁결에 그녀의 손을 잡고 바닥에 자빠트렸다.

"우, 울지 마! 난 네 편이라고! 네 편!"

"거짓말! 내 편이 돼줄 사람이 있을 리 없는걸! 이 세상에 내 편은 아무도 없어! 어머니도, 어머니마저 날 버렸는데…… 읍?!"

글렌은 손으로 루미아의 입을 틀어막았다.

그 순간, 그녀의 공포와 혼란은 정점에 도달했다.

폭발하는 감정은 이미 어린 마음의 허용량을 뛰어넘었다.

칼로 등을 찌르는 것 같은 오한. 태풍에 휘말린 나룻배 같은 혼란.

머릿속이 점점 새하얗게 물들어가는 가운데 루미아는 필사적으로 저항했다.

하지만 글렌이 팔다리를 완전히 제압한 터라 아무런 소용도 없었다.

살해당한다. 결국 이 순간이 온 것이다.

죽고 싶지 않아. 구해줘. 누가 좀 구해줘요.

싫어. 이런 데서 아무도 모르게 죽는 건 싫단 말야! 싫어! 싫어!

점점 멀어져가는 의식 속에서 쳇바퀴처럼 그런 생각을 되풀이한 순간.

"난, 네, 편이야."

글렌이 한 마디 한 마디 또박또박 속삭인 그 말이 귓가에 스며들었다.

"……?!"

루미아는 그제야 깨달았다.

혹시 자신이 조금 전까지 본 건 환상이었던 것일까.

그토록 날카롭고 냉혹하게만 보였던 살인자의 눈은 어느새 필사적으로 호소하는 진지한 눈이 되어 있었다.

"……읍……읍……읍!"

그렇다고 공포가 완전히 사라진 건 아니었다. 터질 것 같은 심장도 전혀 가라앉질 않았다.

루미아의 눈에선 눈물이 뚝뚝 흘러내렸다.

어차피 이 청년이 자신이 보는 앞에서 피도 눈물도 없이 사람을 죽인 건 사실이었다.

루미아는 글렌이 무서웠다. 참을 수 없이 무서웠다. 무서워서 죽을 것만 같았다.

하지만 그렇게 공포에 떠는 자신을 한순간이나마 슬프게

떨리는 눈으로 바라본 글렌은, 이렇게 말했다.

"부탁이야. 아직 밖에도 적이 있는데 네가 계속 그런 식으로 굴면 빠져나갈 수가 없어."

"……!"

"얼마든지 날 두려워하고 싫어해도 상관없어. 하지만 만약 네가 울음을 그쳐준다면…… 내가 네 편이 되어줄게. 이 세상에 네 편은 없다고 했지? 그럼 내가 네 편이 되어줄게. 온 세상의 모두가 네 적이 돼도, 널 싫어해도 나만은 네 편이 되어줄게. 그러니 제발…… 울지 마."

"……"

그렇게 괴로운 표정으로 애원하던 글렌은 루미아의 혼란스러운 감정이 마치 썰물처럼 빠져나가는 것을 느꼈다. 하지만 그녀의 눈에서 자신에 대한 공포와 불신이 완전히 사라진 것은 아니었다.

어떤 사소한 일을 계기로 다시 폭발할지도 모르는 폭탄 같은 위태로운 상태였다.

그래도 일단 제압을 푼 글렌은 루미아를 조심스럽게 일으켜 세웠다.

그리고 허리를 구부려서 시선을 마주하며 말했다.

"……미안. 예정이 완전히 어긋났어."

"예, 예정이요?"

"응. 자세히 설명할 시간은 없는데…… 아무튼 아직 내가 움직일 타이밍이 아니었거든. 까놓고 말해 우린 지금 적진에서 완전히 고립된 위험한 상태야. 밖으로 나간 적들이 돌아오면 우린 다 끝장이야. 이렇게 된 이상 내 동료들이 대기한 지점까지 단숨에 돌파할 수밖에 없어. ……날 따라와!"

그렇게 글렌은 루미아의 손을 잡고 방을 나왔다.

오두막 주위는 숲속 한복판이었다.

밤의 어둠으로 가득한 심해처럼 어두운 이 수해를 빠져나가기 위해 글렌은 루미아를 데리고 길을 서두르기 시작했다.

이렇게 둘은 밤의 숲속을 달렸다.

여기서 멀리 떨어진 동료의 대기 지점을 목표로.

그러자 당연히 오두막에서 일어난 일을 알게 된 적들도 추격을 개시했다.

글렌은 루미아를 데리고 몇 차례나 추격자들과 교전하며 주문으로 응수했다.

그렇게 적을 몇 명이나 마술로 해치웠지만…….

————.

"후우……후우…… 거 참, 끈질긴 녀석들이네."

수해 안의 어느 융기된 단층 뒤에 숨은 글렌은 후방의 상황을 살폈다.

"제길. 이러니저러니 해도 슬슬 포위망을 좁혀오고 있구만."

글렌은 루미아를 지켜야 하는 이상, 신체 능력 강화 술식에 많은 마력을 할애할 수 없었다. 그러다 보니 그의 적은 마력 용량^{캐퍼시티}으로는 마술 사용 횟수와 소비량이 제한될 수밖에 없어서 공격도 단조로워졌다.

게다가 적들도 여태까지의 교전을 통해 글렌이 소문만큼 두려운 존재가 아니라는 것을, 그의 실체가 삼류 마술사에 불과하다는 것을 눈치챈 모양이었다.

그래서 이 추격극이 어느 정도 진행된 지금은 이쪽의 공격이 전혀 통하지 않았다. 처음에는 조심스러웠던 적들의 움직임도 서서히 약한 사냥감을 노리는 것처럼 거세지고 있었다.

글렌도 이 상황을 타개하기 위해 모든 방어적 수단을 무시하고 상대를 확실하게 죽일 수 있는 비장의 수— 고유 마술【광대의 일격】을 구사해서 전황을 유지했지만, 그 마술을 발동하기 위한 특수 화약인 《이브 카이즐의 옥약》을 조금 전의 전투에서 전부 소모했다.

목적지까진 아직 한참 남았으니 그야말로 위기 상황이었다.

"이렇게 된 이상 위험하긴 해도 근접 전투로 적을 격파하면서 포위망을 뚫는 수밖에 없겠어. ……잔존 마력은 거의 바닥. 남은 무장은 나이프 하나와 강사(剛絲) 두 줄과 예비 탄창 하나. 여기에 마술로 마력을 인챈트하면…… 가능할까?"

그렇게 상황을 타개하기 위한 계산을 한 순간.

"당신은…… 대체 뭐죠?"

옆에서 무릎을 안고 주저앉아 있던 루미아가 생기 없는 눈으로 중얼거렸다.

"아까부터 마술로 사람을 몇 명이나…… 어떻게 그렇게 쉽게 사람을 죽이는 거죠? 죽일 수 있는 거죠?"

마치 그를 비난하는 것 같은, 경멸하는 것 같은 말투였다. 완전히 자포자기한 상태라 나올 수 있는 질문이었다.

글렌은 그런 루미아를 잠시 내려다보다가 입을 열었다.

"일이니까."

"그런가요. 하긴 마술로 사람을 죽이는 게 일인 킬러라고 했죠."

루미아는 될 대로 되라는 듯 대답했다.

"그런 식으로…… 마술로 사람을 죽이고 다니는 킬러 씨는 마지막엔 저도 죽일 거죠?"

"……!"

글렌은 잠시 무표정으로 입을 다물었다.

"……아까 약속했잖아? 확실히 난 쓰레기 같은 살인자일지도 모르지만, 네 편이야."

"……."

하지만 루미아는 아무런 대답도 하지 않았다.

뭔가를 체념한 듯 비굴한 눈으로 허공만 바라볼 뿐.

글렌은 탄식을 내뱉으며 말을 계속했다.

"날 믿지 못하는 건 이해해. 네 앞에서 마술로 그만큼 사람을 죽여댔으니…… 뭐, 그럴 만도 하겠지. ……하긴 네 눈에는 나나 저 녀석들이나 마찬가지로 보이려나."

루미아는 문득 시선을 들었다.

무표정으로 혼잣말하는 글렌의 목소리에 담긴 왠지 모를 슬픔이 느껴졌기 때문이다.

"하지만, 이것만은 믿어줘. 난 널 구하려고 온 거야."

"……."

"난 이번 임무가 끝난 뒤에는 사라질 거야. 이제 두 번 다시 네 앞에 모습을 드러내지 않을게. 그러니 지금은…… 지금만이라도 날……."

"거짓말."

하지만 그 필사적인 목소리를 루미아는 짜증스럽게 거절했다.

"……절 구하러 왔다구요? 대체 왜? 어째서 그런 거짓말을 하는 거죠? 전 버림받은, 필요 없는 인간인데……."

"……?!"

"당신은 모르실지도 모르지만…… 전 저주받았어요. 전 태어났을 때부터 불행해질 운명이었다구요. 그래서 어머니는 절 버리신 거죠. ……방해되니까. 그래서 이런 저주받은 인간 따위를 구하러 와줄 사람이 있을 리 없다구요……."

"······저주? 뭐야 그게."

글렌이 되물었지만, 루미아는 무시하고 그동안 속에 담아 둔 말을 쏟아냈다.

"이젠 싫어. 전부 다 싫어. 무서운 것도, 괴로운 것도, 슬 픈 것도 다······. 그냥 빨리 끝내줘요. 흑······흑······ 이제 포 기할 테니까······ 그러니 이제 전부 다 끝내고 싶어······."

글렌은 무릎 사이에 얼굴을 파묻고 흐느끼는 루미아를 한동안 바라보았다.

"······바보 녀석. 그런 소리는 함부로 하는 게 아냐."

하지만 곧 한쪽 무릎을 꿇고 그녀의 두 어깨에 손을 얹으 며 똑바로 눈을 마주보았다.

"······?!"

피에 물든 살인자의 손이 닿은 순간, 경악과 공포에 몸이 움츠러들었지만······ 어째선지 싫게 느껴지진 않았다.

글렌은 그런 루미아를 향해 필사적으로 말을 자아냈다.

"믿었던 사람에게 배신당한 네 절망이 얼마나 큰지 난 상 상조차 할 수 없어. 거기다 넌 아직 어리기까지 하니······ 자 포자기하는 것도 어쩔 수 없는 일이겠지."

"······."

"하지만······ 그 분이 대체 어떤 심정으로 날 의지한 건지······ 대체 어떤 리스크를 짊어지고 날 파견한 건지도 넌 알 수 없겠 지만······ 네가 그런 식이면 그 분이 너무나도 가엾잖아."

"……그 분……?"

"넌 아직 어려서 다른 사람의 마음을 헤아리는 건 어려울지도 몰라. 그러니 하다못해 어린애답게…… 살고 싶다고 해. 솔직하게 구해달라고 해. 이젠 전부 끝내고 싶다는 슬픈 말은 하지 마. 불행한 운명이라고 포기하지 마. ……네 무사와 행복을 바라는 사람은 분명히 어딘가에 있으니까."

"……."

루미아는 문득 이런 생각이 들었다.

왠지 이 사람은…… 뭔가 상상했던 것과는 다르다고.

이 사람은 분명 냉혹한 마술사 킬러. 집행관 넘버 0《광대》일 터.

실제로 자신의 눈앞에서도 비정하게 몇 차례나 살인을 저질렀다.

그야말로 사신. 혹은 악마. 믿을 수 있을 리가 없었다.

그런데도…….

"몇 번이든 말할게. 난 네 편이야. 널 지켜줄게. 그걸 위해서라면 난 마술을……."

하지만 거기까지 말한 순간, 여러 명의 기척이 다가오는 게 느껴졌다.

추격자들의 포위망이 바로 코앞까지 좁혀진 것이다.

"……이러고 있을 때가 아닌가."

글렌은 루미아의 어깨에서 손을 떼고 일어섰다.

그리고 각오를 다진 것 같은 눈으로 수해 너머, 어둠 너머를 응시했다.

"넌 여기 가만히 있어. 절대로 움직이지 마. ……금방 돌아올게."

"아……."

그 말을 끝으로 글렌은 발소리도 내지 않고 어둠 속으로 사라졌다.

그리고 잠시 후.

어둠 저편에서 천둥과 화염이 터지는 소리, 누군가의 고함, 전투음, 단말마가 소란스럽게 울려 퍼졌다.

————.

풀을 밟는 소리가 어둠속에 울려 퍼졌다.

"하아……! 하아……! 하아……!"

루미아가 어둠 속을 홀로 달리고 있었다.

무언가로부터 벗어나기 위해, 공포에 떠밀린 채 다리를 움직이고 있었다.

"싫어…… 이젠 싫어…… 다 싫다구!"

글렌이 싸우러 간 후, 혼자 남겨진 루미아는 그의 당부를 무시하고 달아났다.

그야 당연했다. 그를 믿을 수 없었으니까.

그 글렌이라는 청년은 악마나 사신 같은 인간이다.

이대로 그에게 손을 잡힌 채 계속 따라가면 결국 지옥 끝까지 끌려갈 거라는 생각이 들어서 견딜 수가 없었다.

그래서 도망쳤다.

이것이 마지막 기회라고 생각했기에.

그렇게 결심했을 때는 왠지 모르게 가슴이 따끔거렸지만, 분명 기분 탓이리라.

"헉……! 헉……! 후우……! 하아……!"

하지만 지금은 달리면서도 이런 생각이 들었다.

아주 조금, 정말 아주 조금이지만.

어쩌면 그가 말한 대로 정말 자신을 구하러 온 게 아닐까 하는 생각이.

그 청년은 평범한 살인자로 치부해버리기엔 너무나도…….

"으응! 믿으면 안 돼! 그 말을 어떻게 믿어……!"

자신은 어머니에게조차 버림받은 인간이다.

세상에서 가장 자신을 사랑해준다고 믿었던 어머니에게.

그렇다면 대체 누가 이런 자신을 구해주겠는가. 생판 남이? 그럴 리가.

이 세상이 그토록 상냥했다면 처음부터 자신은 어머니에게 버림받을 리가 없었다.

그런 건 논리적으로도 말이 되지 않았다.

"히익……! 후우……! 하아……! 헉……!"

달리고, 달리고, 또 달렸다.

그저 공포와 절망이 등을 떠미는 대로 계속.

어둠 속에서 구원을 바라듯 계속해서 달렸다.

'어쩌면 좋지? 대체 어디로 가야 되는 거야!'

하지만 열이 오른 머릿속에선 그런 생각이 들었다.

'난 이제 어디에도…… 돌아갈 곳 따윈 없는데……!'

어머니는 날 버렸다.

실컷 투정부리고 못된 짓만 했으니 피벨 가문의 사람들도 이미 나한테 정나미가 떨어졌겠지. 오히려 내가 사라져서 속이 다 시원하지 않을까.

그렇다. 내가 돌아갈 곳 따윈 이제 어디에도 없었다.

'이렇게 도망쳐봤자…… 난……!'

충동에 사로잡힌 채 다리를 혹사했지만, 이미 한계였다.

돌아갈 곳이 없다는 사실을 깨달은 마음이 급속도로 위축되자, 다리를 지탱하던 힘이 빠져나갔다.

루미아는 그대로 이끼가 낀 바닥에 넘어지고 말았다.

육체적으로도 정신적으로도 이미 한계를 넘은 상태였다. 더는 한 걸음도 움직일 수 없었다.

"이젠 싫어……. 누가, 누가 좀 도와달라구요. 왜 나만…… 흑……."

루미아는 그렇게 한동안 비통하게 울었다.

더는 아무런 의욕도 생기지 않았다.

이대로 어둠에 녹아서 사라져버리고픈 심정이었다.

그런 식으로 계속 한 자리에서 꾸물거리고 있자, 이윽고 수풀을 헤치며 누군가가 나타났다.

혹시 글렌인가 싶어서 화들짝 고개를 들었지만, 상황은 최악의 방향으로 흘러갔다.

"헉······헉······ 이런······ 곳에······ 있었던 거냐······ 이 망할 꼬맹이가!"

검은 복장의 남자, 루미아를 납치한 악당의 일원이었다.

하지만 몸 여기저기가 피로 빨갛게 물들어 있었다. 상처가 꽤 깊은지 격통으로 눈에 핏발이 선 그 모습은 마치 악귀 같았다.

"히, 히익······?!"

새파랗게 질린 루미아가 한 걸음 또 한 걸음 물러났지만, 상처 입은 남자는 온몸으로 증오와 분노를 드러내며 천천히 다가왔다.

"제길! 저 《광대》라는 자식은 대체 뭐야! 약해빠진 삼류 마술사 주제에······ 어떻게 우릴 이긴 거지? 왜 우리가 몰살 당한 거냐고!"

동료가 전부 살해당했기 때문일까, 아니면 심한 부상 때문일까. 남자는 이제 될 대로 되라는 듯 완전히 이성을 잃은 상태였다.

"으, 아아……아아아아……!"

"제길! 제길! 제길! 전부 게일이 널 피벨 영애로 착각하고 납치한 게 문제였어! 칼리사도 전혀 도움이 안 돼! 왜지? 대체 왜 일이 이렇게 된 거냐고!"

"싫어…… 오, 오지마요. ……저리 가!"

뒷걸음치는 루미아 앞에서 갑자기 걸음을 멈춘 남자는 명확한 살의를 드러내며 왼손 검지로 그녀를 겨누었다.

"그래, 맞아! 그런 거였어! 너 때문이다, 이 망할 꼬맹이! 이 모든 게 전부 너 때문이었어! 네가……!"

그리고 전격이 대기를 가르는 소리와 루미아가 다리에 힘이 풀려 엉덩방아를 찧은 소리가 들린 건 거의 동시였다.

행운이었다. 그야말로 기적이었다.

다리에 힘이 풀려서 머리 위에 생긴 공간으로 남자의 손끝에서 발사된 전격이 스쳐 지나간 것이다.

영창 없는 마술 발동. 스톡해둔 【라이트닝 피어스】의 딜레이 부팅이었다.

아무래도 거기에 상당한 마력을 쏟아 부었던 모양인지 루미아의 뒤에 있던 굵은 나무가 큰 소리를 내며 옆으로 쓰러졌다.

"칫, 빗나갔나. 내가 이런 실수를……."

"히, 히익?!"

아무래도 이 남자는 적들 사이에서 상위의 실력자인 듯했다. 저런 위력의 주문에 맞으면 루미아의 머리는 마치 수박처럼 터져나가리라.

"하지만…… 다음은 놓치지 않아!"

남자는 바닥에 주저앉은 루미아를 향해 다시 손가락을 겨누었다.

"아, 아아아……아아아아아……!"

루미아는 눈을 부릅뜬 채 그 손가락을 응시했다.

조금 전 같은 행운과 기적은 이제 기대할 수 없었다.

다음은 주문이 틀림없이 자신의 머리를 날려버릴 터.

루미아라는 인간의 인격과 의식 또한 전부 이 세상에서 사라지게 되리라.

"……아……아……."

농밀한 죽음의 기척이 바로 등 뒤에까지 다가온 것이 선명하게 느껴졌다.

'……나…… 이런 데서…… 죽는 거야?'

눈앞에 닥친 죽음의 공포와 절망에 멀어지는 의식과 시야. 폭풍 같은 혼란 속에서 루미아는 『죽음』을 명확하게 인식했다.

『죽음』이 자신을 데려가려 한다는 것을 자각했다.

죽고 싶지 않아! 죽고 싶지 않아! 죽고 싶지 않아!

생명체로서의 본능이 그 『죽음』을 거부했다.

하지만 저항한다 한들 이제 와서 어쩌겠는가.

'난…… 이제…… 돌아갈 곳도 없는데……'

모든 것이 무의미했다.

그래서 저항을 멈췄다. 『죽음』을 받아들였다.

이대로 받아들이면 편해지리라. 이제 슬퍼할 일도 괴로워할 일도 없으리라.

하지만 이 세상과 작별하려는 그 순간, 어째선지 주마등처럼 떠오른 것은…….

상냥한 어머니와 언니와 함께 한 행복했던 나날과.

이런 자신을 가족으로 받아들이려고 필사적으로 애써줬던 피벨 가문의 사람들과.

난 네 편이라고 말해줬던, 마술로 사람을 죽인 살인자…… 글렌의 모습이었다.

"……아……."

그 순간 떠오른 것은 글렌의 말이었다.

—이젠 전부 끝내고 싶다는 슬픈 말은 하지 마. 불행한 운명이라고 포기하지 마. ……네 무사와 행복을 바라는 사람은 분명히 어딘가에 있으니까.

"아, 아아아……아아……!"

인간은 『죽음』 앞에선 거짓말을 할 수 없다. 모든 허례와 기만이 벗겨진다.

『죽음』을 앞에 둔 인간은 누구나 자기 자신을 드러내고 자각하게 된다.

그래서 루미아는 이제야 겨우 깨달을 수 있었다.

지금 이 순간까지 『버림받았다』는 슬픈 현실 때문에 직접 이 눈으로 봤는데도 깨닫지 못했던 것들을, 외면해버렸던 사실들을…… 이 마지막 순간에 와서야 비로소 떠올린 것이다.

─당신을 왕실에서 추방하겠습니다. 이제 당신은 제 딸이 아닙니다.

그렇게 말하며 자신을 차갑게 밀쳐낸 어머니의 표정은 확실히 소름 끼칠 정도로 냉혹했지만, 눈가에는 분명 희미하게 눈물이 맺혀 있었다.

헤어질 때도 마지막으로 귓가에 뭐라고 속삭였지만, 지금 생각해 보면 그건 『당신에게 행운이 있기를』이라는 딸에 대한 걱정이 담긴 말이었다.

또한 피벨 가문의 사람들도 자신이 아무리 제멋대로 굴고 속을 썩여도 『나가』란 말은 한 번도 하지 않았다. 어떻게든 자신과 새로운 가족이 되기 위해 늘 애써주었다. 원래 생판 남인 자신에게 그렇게까지 해줄 의리는 없을 텐데도.

버림받았으니까, 저주받았으니까 아무도 자신을 받아들여주지 않을 거라고 굳게 믿었지만, 사실 모든 것을 저주하고 거절했던 건 다름 아닌 자신이었다.

그런 간단한 사실을 이제 와서야 깨닫고 만 것이다.

"……아……아……아……!"

그 순간, 『죽음』을 받아들였던 마음이 꺾였다.

죽고 싶지 않다는 감정이 맹렬하게 치솟았다. 생존본능이 절규했다.

죽고 싶지 않아! 죽고 싶지 않아! 죽고 싶지 않아!

피벨 가족에게 사과하고 싶어! 언젠가 어머니와 다시 한번 대화를 나누고 싶어!

하지만 이젠 모든 것이 늦었다.

"뒈져어어어어어어어어어어어어어어어!"

남자가 루미아를 향해 전격을 날리려 한 바로 그 순간.

탕!

총성과 함께 날아온 납탄이 반사적으로 몸을 뒤로 물린 남자의 눈앞을 스쳐 지나갔다.

"아……!"

"우오오오오오! 이쪽이다, 이 멍청아아아아아아아!"

시선을 돌리자 수해의 어둠 속에서 누군가가 풀을 박차며 맹렬히 달려오고 있었다.

글렌이었다. 총을 겨눈 채 달려오고 있었다.

그리고 남자를 향해 두 번째 사격을 시도했으나.

철컥!

총알이 떨어졌음을 알리는 무정한 금속음이 숲속에 울려 퍼졌다.

"……칫!"

글렌은 탄이 바닥난 총을 어딘가로 힘껏 집어던지고 달리는 속도를 유지한 채 남자의 왼손을 향해 주문을 영창하기 시작했다.

《사나운 뇌제여……."

공격 수단을 총격에서 주문으로 전환한 것이다.

하지만 저 도입부는 아무리 생각해도 세 소절 영창의 정형문이었다.

"……극광의 섬창으로……."

느리다.

이 거리에서 세 소절 영창은 치명적일 정도로 느리다.

그래서 남자는 승리를 확신하며 무영창— 스톡해둔 주문의 딜레이 부팅으로 글렌을 요격하려 했다.

"바보 같은 놈! 죽어어어어어어어어어어어!"

하지만 왼손 검지로 주문을 날리려 한 순간, 갑자기 뭔가가 손등을 찍는 바람에 조준이 완전히 어긋났다.

"……어?!"

총이었다. 글렌이 조금 전에 아무 데나 적당히 던지는 척하면서 특수한 회전을 준 총이 크게 커브를 그리며 시야의 사각에서 남자의 왼손에 명중한 것이었다.

그렇게 찰나의 빈틈이 생긴 순간.

"·꿰뚫어라》아아아아아아아아!"

글렌의 세 소절 영창이 완성되었고.

"제, 제기라아아아아아아아아아아아아알!"

남자도 황급히 조준을 고쳤다.

타탕!

어둠 속을 가로지른 두 발의 【라이트닝 피어스】.

"크윽……!"

과연 역전의 마술사답게 남자가 가까스로 날린 일격은 글렌의 옆구리를 스쳤다. 성대하게 살을 태우며 혈화를 피웠다.

"……커……억."

하지만 글렌이 날린 일격은 남자의 머리를 완전히 관통했다.

그리고 남자는 실이 끊어진 인형처럼 그 자리에 힘없이 나동그라졌다.

"커헉! 쿨럭!"

글렌도 균형을 잃고 그 자리에 쓰러졌다.

"제길…… 아프잖아! 한 줌 남은 마력으로 【트라이 레지스트)를 써두길 잘했군. 이게 아니었으면 진짜 죽었을 거야!"

그리고 피가 흐르는 옆구리를 누르면서 일어나 바닥에 주저앉은 루미아를 향해 비틀비틀 걸어왔다.

"히익?!"

그 모습을 본 루미아는 무심코 비명을 질렀다.

글렌의 부상은 방금 옆구리에 난 상처뿐이 아니었기 때문이다.

대체 어떤 격전을 치른 건지 살아서 서 있는 게 신기할 정도로, 보기에도 끔찍할 정도로 피투성이 걸레짝이 되어 있었다.

"세, 세상에……! 무, 무슨 상처가…….."

"……늦지 않아서…… 다행이군. 가자."

하지만 글렌은 개의치 않고 루미아를 일으켜 세운 후 비틀비틀 걷기 시작했다. 수해 너머를 향해 발을 질질 끌면서.

"……미, 미안하다. 무서운 일을, 겪게 해서……. 이젠 괜찮을 거야."

글렌은 루미아를 책망하지 않았다. 그녀가 당부를 듣지 않고 혼자 도망친 걸 알면서도 한 마디도 언급하지 않았다.

"저, 저보다 당신 몸을 걱정하세요! 왜, 왜 이렇게 될 때가지……! 당신, 이대로면 죽을 거라구요!"

"하하, 안 죽어. 이래 보여도 목숨이 질긴 거엔 자신 있거든. 그보다, 어서 걸어. 적은 거의 다 죽었지만, 아직 어딘가에 두목이 남아 있을 테니까……."

"그럴 수가……."

대체 이 사람은 뭘까.

루미아는 글렌이라는 남자를 전혀 이해할 수 없었다.

이 사람은 분명 살인자가 아니었던가.

그런데 왜 자신을 위해 이렇게까지 해주는 것일까.

이렇게 크게 다치면서까지…….

루미아가 그렇게 물었지만.

"처음에 약속, 했잖아? 난, 네, 편이라고……."

글렌은 그리 짧게 대답할 뿐이었다.

돌이켜 보면 루미아가 아무리 비난하고 거부해도 그는 처음부터 계속 이런 식이었다.

약속대로 위기에 처한 자신을 구해주고, 거의 죽을 지경에 처하면서도 그저 묵묵히 싸워주었다.

말이 아니라 행동으로써 자신의 생각을 표시해온 것이다.

'정말, 이 사람은, 어째서……?'

아직도 이 정체를 알 수 없는 청년이 무섭기는 했다.

아무리 도움을 받아도 눈앞에서 수많은 사람을 죽인 인물인 것이다.

지금도 자신을 구하기 위해서라지만, 마술로 사람을 죽였다.

하지만 이제는 글렌이 단순한 살인자나 악인이 아니라는 건 알 수 있었다.

아까 루미아가 죽음의 위기에 처했을 때 어머니와 피벨 가족의 본심을 깨달은 것처럼, 그에 관해서도 알게 된 점이 있었기 때문이다.

마술을 써서 사람을 죽일 때, 그가 항상 굉장히 슬프고 괴로운 표정을 지었다는 사실을.

"……."

그걸 알게 된 루미아는 더는 그에게 아무 말도 할 수 없었다.

————.

"……난 어렸을 때, 정의의 마법사가 되고 싶었어……."

루미아는 상처투성이의 글렌을 부축하며 걸었다.

당연히 그의 피가 옷이나 머리에 묻었지만, 이상하게도 불쾌하게 느껴지진 않았다.

"……그런데, 일이 좀 꼬여서, 이런 길에 발을 들여놓게 됐지 뭐냐……."

마력이 바닥난 글렌은 조금 전에 휴대용 회복제를 주사했다.

거기 섞인 진통 성분의 부작용으로 의식이 조금 몽롱해진 건지 루미아에게 체중을 맡긴 채 뭔가 혼잣말을 중얼거리기 시작했다.

그게 나름대로 루미아의 긴장과 불안을 덜어주려 한 건지, 혹은 변덕이었는지는 알 수 없었다.

"……난, 마술을 좋아했었어. 내 스승이 진짜 대단한 마술사라, 옛날엔 마술사라는 걸 동경했었지……."

"……."

루미아는 그 목소리에 조용히 귀를 기울였다.

"그래, 예를 들면……."

글렌은 갑자기 주문을 영창했다.

그러자 그의 장갑에 설치된 강사가 일곱 빛깔로 빛나며 혼자 스르륵 움직이기 시작했다.

그리고 루미아의 눈앞에서 복잡하게 뒤얽히더니 곧 날갯짓하는 새 같은 형상의 장식물이 되었다.

일곱 빛깔과 반짝이는 은이 자아내는 환상적인 광경이 거기 있었다.

"……아……."

빛나는 새 장식물의 아름다움에 루미아는 무심코 눈을 휘둥그레 떴다.

적어도 이 순간만큼은 두려움과 불안을 전부 잊을 수 있었다.

"와아…… 예쁘다."

"……그치? 굉장하지? 꽤 감동적이지 않아?"

글렌은 어딘가 자랑스러운 눈으로 새를 쳐다보았다.

"신비한 주문을 외우면, 얼마든지 이런 신비한 일을 이뤄낼 수 있는, 마술이란 건, 참 흥미롭지 않아?"

하지만 그 목소리는 어째선지 어둡게 가라앉았다.

"……그래. 난, 이런 신비한 마술이, 재밌고, 신기해서, 이런 신비한 힘으로, 모두를 웃게 하고, 구해주고, 싶었지……."

"……싶었다? 그럼 지금은…… 아닌 건가요?"

루미아는 그제야 글렌의 말이 전부 과거형이라는 사실을 눈치챘다.

"그래, 맞아. 이젠 마술 따윈, 딱 질색이야."

글렌은 슬픈 눈으로 원망을 토해냈다.

"……너도, 내가 마술로 사람을 죽이는 걸 실컷 봤잖아? 결국 마술은 살인 도구였어. 마술도, 이딴 일도 엿이나 먹으라지. 그런데, 이미 실망했는데도, 아직도 못 버리고 있어. 정의의 마법사가 되는 걸 포기하지 못하겠다고……."

루미아는 생각했다.

대체 어떤 인생을 살아야 이런 슬픈 눈을 하게 되는 걸까.

자신은 대체 왜 이런 사람을 지금까지 계속 무서워했던 걸까.

뒷세계의 모두가 두려워하는 냉혹한 마술사 킬러?

그럴 리가.

루미아의 눈으로 본 글렌은 마치 길바닥에 버려진 처량한 강아지 같았다.

"……왜요?"

그래서 묻지 않을 수 없었다.

"왜…… 당신은 그런 무서운 마술을 버리지 못하는 거죠? 싫어하잖아요? 싫어진 거죠?"

"……."

글렌은 잠시 생각에 잠긴 후 대답했다.

"그래도…… 마술로 누군가를 구할 수 있었으니까……."

"……!"

루미아는 숨을 삼킬 수밖에 없었다.

"솔직히 이젠 정나미가 떨어졌어. 하지만, 이런 마술로 누군가를 구할 때도 있으니까, 그래서, 조금만, 조금만 더, 포기하지 말아볼까 하는 생각이, 들더라고……."

그 말을 끝으로 글렌은 완전히 입을 다물었다.

그저 걸음만 계속 재촉할 뿐.

그런 그를 부축하는 루미아는 그제야 깨달았다.

'이 사람은…… 그저 마술을 좋아했던 것뿐이었어. 싸우는 게 싫은데도…… 그래도 누군가를 위해 싸우는 상냥한 사람이었던 거야. 진심으로 좋아했던 마술을 싫어하게 되면서까지…….'

가엾다— 이건 이미 본인이 선택한 길을 납득하고 걷는 이 사람에게는 어울리지 않는 말이다.

힘내라— 당장에라도 쓰러질 것 같은 이 사람에게는 너무 무책임한 말이다.

단념해라— 내가 무슨 권리로? 그걸 정하는 건 어디까지나 본인일 터.

"……정말 힘드셨겠네요."

그래서 루미아는 그 정도 말밖에 할 수 없었다.

듣는 사람에 따라선 상처가 될 수도 있는 피상적인 말일지도 몰랐다.

하지만 아직 인생 경험이 얕은 자신은 그 괴로움을 조금이라도 같이 상상해주는 것밖에 떠오르지 않았다.

하지만 이 말이 과연 글렌에게는 어떻게 들렸을까.

혹시 못 들은 건지 그는 아무 대답이 없었다.

"……."

하지만 이 순간 루미아는 글렌의 긴장된 분위기가 조금, 아주 조금이나마 누그러진 것 같은 기분이 들었다.

———.

조금 전까지는 만에 하나라도 잠입을 들키는 상황을 고려해 별도의 통신 수단을 챙겨오지 못한 것을 후회했었지만, 지금은 오히려 그 덕분에 적에게 역탐지당하는 것을 걱정하지 않아도 된다는 생각에 쓴웃음이 나온 글렌은 예정된 합류 지점을 향해 천천히 어둠 속을 나아가고 있었다.

앞으로 조금. 조금만 더 가면 도착이다. 동료들과 합류할 수 있다.

하지만 바로 그 순간, 최후의 벽이 글렌과 루미아의 앞길을 가로막았다.

————.

그곳은 수해 안에 생긴 공터였다. 나무가 자라지 않은 원형 공간 위로 어두운 밤하늘이 보였고, 흐릿한 달빛이 누군가의 모습을 어둠속에서 비추고 있었다.

루미아는 저 인물이 누군지 알고 있었다.

칼리사. 자신을 유괴한 테러리스트들의 리더였다.

"저질러주셨구만 그래. ……집행관 넘버 0《광대》글렌 레이더스."

칼리사는 온몸으로 고요한 노기를 드러내며 둘의 앞길을 가로막고 있었다.

그녀도 적지 않게 다쳤지만, 전투에 지장이 있을 정도는 아니었다.

글렌은 혀를 찬 후, 루미아를 지키듯 앞으로 나서며 그녀를 노려보았다.

칼리사도 그런 글렌을 흘겨보며 담담한 목소리로 말했다.

"넌 정말 영문을 알 수 없는 남자야. 뒷세계의 누구나가 두려워하는 강력한 마도사이자, 아데프트 클래스의 외도 마술사 수십 명을 해치운 마술사 킬러…… 대체 어떤 괴물인가 전전긍긍했는데 정작 그 실체는 어디서나 흔히 볼 수 있는 삼류 마술사였다니 말야."

"……."

"『마술을 봉쇄하는 마술』. ……네 그 애들 속임수 같은 수법을 파악하고 실은 과장된 소문이었다면서 의기양양하게 전투에 나섰더니만, 하하하. ……어찌된 노릇인지 어느새 부대는 나만 남기고 전멸했더군."

"……."

"너와 우리의 전력차를 고려하면 100번 싸워서 99번은 우리가 이길 싸움이었어. 그런데 결과적으로 우리는 괴멸하고 넌 이렇게 살아남았지. 내 인생 처음이야. ……이 정도까지 행동 패턴을 예상할 수 없는 인간은!"

그렇게 말을 내뱉은 칼리사는 전투태세를 취했다.

"하지만 여기까지야. 네 수법은 이미 전부 파악했어. 그리고 넌 무장과 마력도 거의 다 소진했지. 이제 두려워할 건 아무 것도 없어. 널 조속히 해치우고 그 꼬맹이를 받아가겠다."

칼리사는 신체 능력 강화 술식에 마력을 쏟아 부으며 힘을 끌어올렸다.

"칫. ……악당이란 것들은 왜 늘 이렇게 주절주절 말이 많은 거지? 적당히 떠들고 덤벼. 어서!"

글렌도 한 줌밖에 남지 않은 마력을 끌어내 신체 능력 강화 술식에 마력을 보냈다.

그러자 이미 마나 결핍증 단계에 한 발 걸친 그의 입가에서 핏물이 흘러나왔다.

"저, 저기⋯⋯!"

루미아는 그런 글렌에게 뭐라 말을 걸려 했다.

"걱정하지 마. 물러나 있어!"

그 말을 끝으로 글렌은 주먹을 쥐고 칼리사를 향해 돌진했다.

"훗, 《울부짖어라 불꽃⋯⋯!"

동시에 칼리사도 요격 주문을 영창했다.

하지만 글렌은 당연히 아르카나를 뽑아들고 오리지널 【광대의 세계】를 발동했다.

바로 주문이 봉쇄됐지만, 칼리사는 의기양양하게 비웃었다.

"흥. 그렇게 나올 줄 알았다, 《광대》."

그리고 맹렬한 속도로 달려오는 글렌을 응시하며 말했다.

"그 『마술을 봉쇄하는 마술』은 본인에게도 효과가 적용되는 거잖아?"

"우오오오오오오오오오오오오오오!"

"즉, 이 상황에서 핵심이 되는 건 근접 격투 능력. 그거라면⋯⋯."

다음 순간, 칼리사가 글렌의 간격 안에 들어왔다.

일직선으로 뻗는 라이트 스트레이트.

이어지는 연격. 선풍처럼 휘몰아치는 뒤돌아 차기.

하지만 칼리사는 가볍게 고개만 흔들어서 슥슥 피하더니 원심력을 더한 팔꿈치를 글렌의 왼쪽 가슴에 틀어박았다.

"컥?!"

글렌은 갈비뼈가 몇 개나 부러지는 감각을 느끼는 동시에 뒤로 날아갔다.

만약 강력한 방어 술식이 부여된 마도사 예복이 없었다면 방금 일격으로 심장과 폐가 터졌을지도 몰랐다.

"커헉! 쿨럭! 크흡!"

"훗, 어때? 근접 격투 대결이라면 이쪽이 유리하거든? 기량 차이도 있지만, 넌 이제 신체 능력 강화에 쓸 마력이 거의 남아 있지 않을 테니까."

칼리사는 바닥에 엎어진 글렌을 내려다보며 냉혹한 목소리로 말했다.

"……그게 뭐…… 어쨌다고!"

글렌은 거친 숨을 토하며 천천히 일어섰다.

하지만 언뜻 봐도 상태가 좋지 않았다. 무릎이 덜덜 떨리고 안색은 마나 결핍증으로 하얗게 질려 있었다.

그러나 그는 떨리는 손으로 주먹을 쥐고 칼리사와 대치했다.

"난 그 분에게, 저 아이에게, 약속했어! 지키겠다고! 그런데 고작 너 따위 앞에서 태평스럽게 잠들 수는 없다고!"

"그럼 강제적으로 재워주지. ……영원히!"

이번에는 칼리사가 먼저 움직였다.

질풍 같은 속도로 간격을 좁혀 잇따라 살인 기예를 펼쳤다.

섬광 같은 손날이 관자놀이를 때리고, 채찍 같은 로킥이 다리를 후려쳤다.

글렌도 전혀 반응을 하지 못한 건 아니다.

하지만 아무래도 방어가 늦었다. 대응이 늦어졌다. 마나가 고갈된 몸은 납덩이처럼 무겁고 둔했다. 방어해도, 그 방어가 의미를 갖지 못했다.

공격이 들어올 때마다 몸이 휘청이고 뼈에 금이 갔다.

"뭐 해! 넌 고작 그 정도냐? 마술사 킬러!"

칼리사는 더 빠르게 공세를 펼쳤다.

주먹으로 명치를 찌르고 발뒤꿈치로 정수리를 찍었다.

"……커헉?! 망할……!"

글렌은 팔을 교차한 방어 자세로 반격 한 번 제대로 하지 못한 채 기세에 밀려서 한걸음씩 뒤로 후퇴할 수밖에 없었다.

이건 이미 싸움이라 부를 수 없는 일방적인 린치였다.

"……아, 아아아……!"

하지만 루미아는 그 일방적인 싸움을 그저 지켜볼 수밖에 없었다.

'……어쩌지? ……어쩌면 좋아!'

글렌이 서서히 살해당하는 광경 앞에서 생각했다.

'이대로면…… 저 사람이……!'

이런 거친 일과는 인연 없이 살아온 그녀도 알 수 있었다.

아마 이대로면 글렌은 죽는다. 살해당한다.

글렌의 피로와 부상은 이미 한계였다.

다른 그 누구도 아닌 자신을 지키기 위해 여태까지 무모한 싸움을 반복해온 그의 육체는 이미 한계를 넘은 상태였다.

결과는 이미 눈에 보였다.

이 이상은 그저 본인만 괴로워질 뿐이다.

실제로 현재 처절한 폭력에 노출된 글렌은 상상을 초월하는 고통을 느끼고 있으리라.

자신을 버리고 가면 될 텐데. 혹은 이대로 모든 걸 포기하면 될 텐데.

그러면 이 모든 고통에서 해방될 수 있을 텐데.

"빌, 어, 머그으으으으으으으으으으을!"

하지만 글렌은 아직 포기하지 않았다. 싸우는 것을 멈추지 않았다.

주먹으로 얻어맞고, 발에 차이고, 팔꿈치에 찍히면서도 피를 토해가며 저항했다.

'저 사람은…… 왜, 왜 저렇게까지……!'

루미아는 입술을 짓씹으며 그런 글렌의 모습을 눈에 새겼다.

사람을 죽이는 마술이 싫다고 했다. 이런 일 따윈 엿이나 먹으라고 했다.

그럼에도 누군가를 구하기 위해서라면 싸움을 피하지 않았다.

저 사람은 이미 본인이 처한 상황에 절망하면서도 무언가를 위해 계속 싸우고 있었다.

아마도 그건 더 많은 사람을 구하기 위해서.

존재할 리 없는 정의의 마법사를 목표로.

"……."

루미아는 생각했다.

'정말 이대로 괜찮은 거야? 난 이대로 지켜보기만 해도 되는 거야?'

글렌은 본인의 불행을 탓하지 않았다.

나와 달리.

글렌은 불행에 견디면서도 앞을 향해 나아가려 했다.

나와 전혀 다르게.

글렌은 이런 한심한 날 지키려고 싸우고 있었다.

하지만 이대로 가면…….

"……."

딱 하나.

딱 하나 지금의 자신도 할 수 있는 일이 있었다.

루미아에게는 『힘』이 있다.

타인에게는 절대로 밝힐 수 없는 『힘』이.

하지만 이제 두 번 다시 남 앞에서 쓸 생각은 없었다.

뭔가 명확한 목적을 위해 그 『힘』을 쓴다는 발상 자체가 전혀 없었다.

이건 저주받은 『힘』이기에. 혐오스러운 『힘』이기에.

이 『힘』 때문에 자신은 모든 것을 잃었다. 불행이 나락까지 떨어졌다.

이제 두 번 다시 이런 『힘』 따윈 평생 쓰지 않을 거라고 굳게 결심했었다.

……조금 전까지는.

하지만.

—그래도…… 마술로 누군가를 구할 수 있었으니까.

문득 글렌의 그 말이 떠올랐다.

'저 사람은 싫어하는 마술로 줄곧 누군가를 위해 싸워왔어. 그렇다면…….'

자신도 이 저주받은 『힘』으로, 혐오하는 『힘』으로 뭔가를 할 수 있지 않을까.

싫어하는 마술로 누군가를 구하려 발버둥 치는 저 사람처럼.

자신도 이 『힘』으로 누군가를 구할 수 있지 않을까.

예를 들면.

'지금 날 지키려고 필사적으로 싸우는 저 사람을 이 『힘』으로…… 하지만 그건……!'

거기까지 생각하자, 두려움에 몸이 굳었다.

이 『힘』을 발동하려면 상대와 직접 손이 닿아야만 한다.

즉, 지금 사투를 벌이고 있는 저 둘 사이에 끼어야 한다는 뜻이다.

무서웠다. 그저 두려웠다.

숨 쉬듯 피를 튀기며 살의와 살의가 충돌하는 저 공간은 그야말로 딴 세상이었다.

저런 곳에 고작 열세 살밖에 안 된 소녀가 과연 끼어들 수나 있을까?

'좋아했던 마술을 싫어하게 되면서까지…… 실은 사람을 죽이는 일 따윈 하고 싶지 않은데도 누군가를 지키기 위해 살인을 저지르는…… 그런 슬프고 상냥한 당신이…… 죽는 걸 보고 싶지 않아!'

하지만 글렌의 등이 용기를 주었다.

굳게 버티고 선 그 뒷모습이 자신의 등을 떠밀어 주었다.

지금까지 본인의 불행을 탓하며 주위에 원망을 흩뿌리고 현실 도피만 하느라 그런 자신의 운명과 싸울 생각 따윈 한 번도 해본 적 없었던 소녀가 지금 이 순간, 스스로 싸움에 나섰다.

한 줌의 용기를 끌어내 맞서기로 했다.

아마도 이건 자신을 위해. 앞으로도 살아가기 위해.

그리고 무엇보다 저 착해빠진 살인자…… 글렌을 위해.

"으, 으으……으, 으으으……!"

조금씩, 조금씩. 마음 깊은 곳에서 끌어낸 용기를 불태웠다.

공포와 절망으로 굳어버린 몸을 움직이는 동력원으로 삼 았다.

거친 숨을 내쉬며 천천히 일어선 루미아는 눈을 한 번 꾹 감은 후.

"으아아아아아아아아아아아아아아아아아아아아!"

뱃속 깊숙한 곳에서 끌어올린 목소리로 외치며 글렌을 향 해 일직선으로 돌진했다.

"……커헉!"

칼리사의 마치 창날 같은 관수가 배를 찔렀다.

성대하게 피를 토하는 글렌.

반사적으로 물러났지만, 그만 다리를 접질리고 말았다.

무릎에 힘이 들어가지 않고 방어와 자세가 무너져서 적에 게 치명적인 빈틈을 드러낸 것이다.

그리고 칼리사는 그런 빈틈을 놓치지 않았다.

"끝이다! 죽어!"

글렌의 목을 노리고 우상단 돌려차기가 채찍처럼 날아들 었다.

"……?!"

글렌은 그것을 보며 눈을 부릅떴다.

이젠 끝이라는 것을 직감했다.

마력이 완전히 바닥을 드러낸 현재 신체 능력 강화 술식의 출력은 거의 제로.

이 상태로 마력이 넘치는 칼리사의 돌려차기에 맞으면 그대로 목이 찢겨나갈 터.

방어하려고 해도 이젠 팔이 올라가지 않았고, 피하려고 해도 몸이 전혀 말을 듣지 않았다.

죽음이 닥쳐왔다. 칼리사의 다리가 마치 사신의 낫처럼 날아들었다.

'……젠장! 여기까지인가! 미, 미안……!'

누구를 향한 것인지 모를 사죄의 말이 떠오른 순간, 옆에서 갑작스런 충격을 느끼고 자세가 완전히 무너졌다.

"윽?!"

하지만 덕분에 칼리사의 다리를 겨우 피할 수 있었다.

"아……!"

옆을 보자 그곳에는 루미아가 있었다.

그녀가 글렌을 밀친 것이다.

'이, 이 녀석이 왜……!'

글렌은 소름이 끼쳤다.

방금 자칫하면 죽는 건 그녀였다. 칼리사의 킥이 조금이라도 닿았다면 아무런 방어 마술도 걸리지 않은 화사한 그녀의 몸은 그야말로 산산조각이 났으리라.

그런데도 루미아는 글렌을 구하기 위해 몸을 날린 것이다.

하지만 거기까지였다.

루미아는 그대로 바닥에 넘어지고 말았고, 글렌은 이미 완전히 자세의 균형을 잃은 상태였다.

칼리사도 공격이 빗나갔지만, 냉정하게 그 기세를 이용해서 회전. 축이 되는 다리를 바꿔서 이번에는 좌상단 돌려차기를 날렸다.

'제길…… 제기라아아아아아알!'

이번에야말로 진짜 피하는 건 무리였다.

아무리 발버둥 쳐도 피할 수 없었다. 방법이 없었다.

루미아의 결사적인 각오도 결국 최후의 순간을 조금 연장한 것뿐.

제아무리 글렌이라도 모든 걸 체념하고 죽음을 받아들이려 한 순간.

문득 어떤 사실을 눈치챘다.

'뭐지?'

느렸다.

아무리 시간이 지나도 목이 날아가지 않았다.

그래서 조심스럽게 주위의 상황을 확인했다.

'……어?'

그러자 칼리사의 왼쪽 다리가 위를 향하는 모습이 눈에 들어왔다.

'……이거 혹시 무슨 장난인가?'

참고로 그 동작이 심각할 정도로 완만했다. 마치 무술의

품새를 수련하는 것처럼 다리가 천천히 올라가고 있었다.

'……?'

그래서 당연히 차분하게 자세를 고칠 수 있었던 글렌은 몸을 젖혀서 그걸 피했다.

눈앞을 칼리사의 다리가 천천히 스쳐 지나갔다.

"……?!"

그러자 칼리사의 표정이 서서히 경악으로 일그러졌지만, 그럼에도 그녀는 냉정하게 펀치와 킥을 날리려 했다.

하지만 느렸다. 그 모든 동작이 느렸다.

마치 끈적거리는 진흙탕 속에서 팔다리를 휘두르는 것 같은 완만한 움직임.

이번에도 글렌은 칼리사의 공격을 당연하단 듯 피해버렸다.

고개를 젖히고, 몸을 뒤틀고, 주먹으로 흘려 넘긴다.

그러자 칼리사의 표정이 한층 더 크게 일그러졌다.

'……뭔가 이상해.'

그렇게 느낀 글렌은 자신의 몸에 일어난 변화를 눈치챘다.

몸이 가벼웠다. 조금 전까지의 상태가 거짓말이었던 것처럼.

그리고 신체 내부를 순환하는 마력도 어느새 압도적인 수준으로 활성화되었다.

그 질과 양은 평소와 비교조차 할 수 없었다.

이런 엄청난 마력은 지금까지 경험해본 적이 없었다. 어릴 때부터 캐퍼시티가 적었던 그에게는 공포에 가까운 미지의 감각이었다.

하지만 덕분에 신체 능력 강화 술식의 출력이 무지막지하게 올랐다. 압도적으로 활성화된 마력으로 거의 반폭주 상태를 일으킨 건지 난생 처음 경험하는 출력을 발휘한 것이다. 온몸에 힘이 넘치고 감각도 예민해졌다.

사실 그대로 말하자면, 역대 최고의 컨디션이 된 셈이다.

즉, 이건 칼리사가 느려진 게 아니라…….

'내가…… **빠른 건가?**'

왜 하필이면 지금 이런 기적적인 현상이 일어난 건지는 알 수 없었다.

하지만 이것만은 확신했다.

'지금의 나라면…… 이길 수 있어. 루미아를 지킬 수 있어!'

이유와 원인을 찾는 건 나중에 하고, 지금은 그저 해야 할 일을 할 뿐.

"우오오오오오오오오오오오오오오오오오오!"

글렌은 천천히 주먹을 날리는 칼리사를 향해 날카롭게 파고들었다.

그리고 그녀의 주먹을 한계까지 끌어들이고 바로 그 위를 스치듯 주먹을 쭉 뻗었다.

교차하는 주먹과 주먹.

칼리사의 펀치가 글렌의 오른쪽 뺨을 찢었지만, 글렌의 펀치는 안면 정중앙에 틀어박혔다.

"……컥?!"

완벽한 감촉과 동시에 터진 칼리사의 비명.

더할 나위 없을 정도로 예술적이며 살인적인 크로스 카운터.

우두둑!

칼리사의 경추가 완전히 파괴되는 감촉이 주먹을 타고 전해졌다.

"우오오오오오오오오오오오오오오오오오오오오오오!"

한층 더 몸을 파고든 글렌은 주먹을 그대로 끝까지 뻗었다.

그와 동시에 수수께끼의 보너스 타임이 끝난 건지 완만한 시간의 흐름과 의식의 가속이 곧 정상으로 돌아왔다.

"~~~~~~?!"

그러자 칼리사의 몸이 뒤를 향해 **수직으로 회전**하며 바닥을 몇 번이나 튕기고 날아갔다.

그리고 겨우 그 움직임이 멎었을 때는 이미 숨이 끊어진 뒤였다.

굳이 확인할 필요도 없었다. 목이 이상한 방향으로 꺾였으니 완벽한 즉사다.

칼리사의 마지막 표정에는 지금 대체 무슨 일이 일어난 건지 모르겠다는 경악이 고스란히 담겨 있었다.

악당에 걸맞은 무척 처량하고도 시시한 죽음이었다.

"하아……! 하아……! 하아……!"

거친 숨을 내쉬며 칼리사의 죽음을 확인한 글렌은 경계를 풀고 루미아를 돌아보았다.

"……"

지면에 엎드린 루미아는 정신을 잃고 있었다.

그야 당연했다. 극도의 긴장 상태를 경험하느라 본인도 모르게 의식이 날아간 것이리라.

"……방금 그건…… 네 힘, 인 거냐?"

아까 그 순간, 루미아가 뭔가를 했다는 건 알 수 있었다.

하지만 구체적으로 뭘 한 건지는 알 수 없었다.

적어도 마술은 아니었다. 그때는 글렌의 오리지널로 마술 발동이 봉쇄된 상태였으니까.

그렇다면 그 현상은 대체 무엇이었던 것일까.

그걸 캐물으려 해도 당사자는 정신을 잃은 상태였다. 지금 깨우는 건 내키지 않았다.

글렌은 여왕에게서 이 임무를 받을 때 그녀의 사정에 관한 건 아무것도 듣지 못했다. 최고 기밀 취급이었기 때문이다.

하지만 지금은 딱 하나 짚이는 점이 있었다.

"……넌 설마, 혹시……?"

아마 그 『힘』이야말로 루미아가 왕실에서 추방된 원인일 것이다.

하지만 그 이상 생각하는 건 그만두기로 했다. 그녀에 대한 예의가 아니다.

덕분에 살았으니 그거면 됐다. 『힘』의 성질을 따질 필요는 없었다.

그보다 애초에 임무는 아직 끝나지 않았다.

"……고맙다."

잠든 루미아에게 감사를 표한 글렌은 그녀를 업고 다시 천천히 걸음을 옮겼다.

————.

"정말이지, 넌 정말 생각이 짧아."

"아앙?! 그 상황에선 어쩔 수 없잖아! 너희도 마찬가지였을걸?"

"자자, 아무튼 무사히 구출했으니까 싸우지 좀 마. 응?"

새카맣게 물든 의식 속을 누군가의 목소리가 간질였다.

"……으응……?"

의식이 서서히 돌아온 루미아가 이상할 정도로 무거운 눈꺼풀을 들자, 어느새 자신은 낯선 장소에 와 있었다.

어딘가의 낮은 언덕 위.

광활한 초원 너머에서 일출이 밤의 어둠을 밀어내고 있었다.

여명. 길었던 밤이 마침내 끝을 고한 것이다.

'나, 나는……?'

자세히 보니 글렌의 등에 업혀 있었다.

그리고 앞에는 두 남녀가 서 있었다.

장발 청년과 하얀 머리의 여성이다.

둘 다 글렌과 비슷한 마도사 예복을 입고 있었다.

하지만 마침 아침 해의 역광 때문에 루미아의 위치에서는 둘의 얼굴이 잘 보이지 않았다.

"아. 얘, 일어났나봐."

하얀 머리 여성이 자신이 일어난 걸 보고 살포시 웃어준 것 같은 기분이 들었다.

"안심해. 경계심을 풀도록. 우린 널 구하러 온 거다."

장발 청년도 퉁명스럽게 말했지만.

"켁! 이번에 너흰 하나도 도움이 안 됐지만 말이지!"

자신을 업은 글렌이 빈정거림을 듬뿍 담아 대답했다.

하지만 그런 그의 말투는 왠지 격의가 없었다. 저 남녀에 대한 신뢰감이 고스란히 느껴졌다.

그래서 루미아는 저 사람들이 악인이 아니라는 것을 아무런 이유 없이 믿을 수 있었다.

"뭐, 잘 견뎠다. 아주 장해."

글렌은 손을 돌려서 루미아의 머리를 쓰다듬었다.

"네 덕분에 살았어. 도와주려고 온 건데 결국 도움을 받아버렸네. 나도 참 한심해."

"……아, 아니에요. 저는, 그저……."

"이젠 걱정하지 마. 금방 집으로 보내줄게. 뭔가 이래저래 복잡한 사정이 있는 것 같지만…… 너라면 괜찮을 거야. 그

야 넌 그런 무서운 적을 상대로도 맞서 싸웠잖아? 날 구해
줬잖아? 그런 너한테 이제 무서울 게 뭐가 있겠어."

"……으……아……."

루미아는 아니라고 생각했다.

난 사실 나약한 겁쟁이에요.

하지만 당신이 있어서.

글렌이 있어주었기에 맞서 싸울 수 있었어요.

당신이 나에게 맞서 싸울 용기를 준 거였다구요.

"……저, 저는……."

"걱정하지 마. 너랑 내가 만나는 건 이걸로 진짜 마지막이
니까. 약속대로 이제 두 번 다시 네 앞에 나타나지 않을게.
……무서운 일을 겪게 해서 정말 미안했다."

아니에요. 그런 게 아니라구요.

그런 슬픈 말은 하지 말아요.

당신은 사실 상냥한 사람이에요. 그 누구보다도 상냥한
사람.

절 지켜줬잖아요. 용기를 줬잖아요. 그런 만신창이가 되면
서까지.

괴로움을 짊어지고 이를 악물면서도 누군가를 위해 음지
에서 싸우는 당신이 상냥하고 강한 게 아니라면 대체 누가
그런 사람이라는 거죠?

"그러니 좀 더 자둬."

글렌은 루미아의 머리를 쓰다듬으며 작은 목소리로 말했다.

그게 마술 주문의 일종이었는지 부자연스러울 정도로 잠기운이 쏟아지기 시작했다.

의식을 송두리째 빼앗아가는 폭력적인 수마 때문에 이젠 눈을 뜰 수조차 없었다.

눈 깜짝할 사이에 의식이 멀어져갔다.

"한숨 자고 나서, 눈을 떴을 때는, 전부 끝나 있을 거야. 새로운 집에는 아직 적응하기 어려울지도 모르지만, 힘내. 너라면 문제없을 거야."

잠깐만요.

제발 저한테 시간을 주세요.

전하고 싶은 말이 잔뜩 있다구요.

하고 싶은 말이 이렇게 많은데.

당신은…… 당신은…….

…….

"……아."

그리고 문득 깨달았다.

지금은 백 마디 말보다 먼저 입에 담아야 하는 훨씬 더 중요한 것이 있다는 사실을.

'고마워요.'

멀어져가는 의식 속에서 어떻게든 필사적으로 입을 움직여서 그 말을 자아내려 했다.

하지만 뜻을 이룰 수 없었다. 무리였다.

쏟아지는 잠기운이 의식을 저 너머의 세상으로 데려가고 있었다.

그리고 이 만남을 끝으로 그 사람은— 나는—.

――――.

――――.

――――.

그리고 3년의 세월이 흘렀다.

――――.

"《천사의 은혜가 있으라》."

희미하게 아침 안개가 서린 페지테의 한 장소.

석재 가도의 옆에 늘어선 램프식 가로등 옆에서.

알자노 제국 마술학원의 교복을 입은 루미아는 노인의 손을 잡고 주문을 외웠다.

그러자 손이 빛나며 다쳤던 노인의 손이 눈에 보일 정도로 빠르게 아물었다.

노인은 그 광경을 눈을 크게 뜨고 쳐다보았다.

그 후 루미아는 노인이 모은 쓰레기가 든 금속 양동이 안에 주문으로 작게 불을 지펴 주었다.

노인이 온화하게 웃으며 감사의 말을 전하자, 루미아는 싱글벙글 웃으며 생각했다.

'……응. 역시 그렇구나.'

이때 머릿속에 떠오른 것은 언젠가 자신을 구해준 청년의 모습이었다.

'……공부하면 할수록 알 것 같아. 마술의 무서움을. 그 사람이 마술을 싫어하게 된 것도 무리는 아니야. 하지만 난 역시 마술이 가진 일면은 그게 끝이 아니라고 생각해.'

루미아는 노인이 웃는 얼굴을 보면서 생각했다.

'이렇게 누군가를 도울 수도 있고. 미소 짓게 할 수도 있잖아.'

아무튼 자신의 저주받은 『힘』조차 누군가를 구할 수 있었으니 그건 분명 마술도 예외는 아니리라.

그 증거로…….

"루미아~! 늦어서 미안~!"

그때 멀리서 누군가의 다급한 발소리가 들렸다.

시선을 돌리자 길 건너편에서 같은 교복을 입은 은발 소녀가 손을 흔들며 달려오고 있었다.

루미아는 그 소녀, 시스티나를 돌아보았다.

'그 증거로…… 그 사람 덕분에 난 지금 이렇게 웃을 수 있는걸.'

그런 생각을 하는 루미아의 얼굴에는 해바라기처럼 환한 미소가 떠올라 있었다.

———.

"루미아는 참 완고하다니까……. 먼저 가라고 했는데……."

"흑흑, 그런…… 아가씨를 두고 갔다간 보잘것없는 식객에 불과한 전 나리와 사모님께 꾸지람을 듣게 될 거라구요……."

"바보. 농담이라도 그런 말 하지 마. 우린 가족이잖니."

"아하하, 미안. 시스티."

루미아는 시스티나와 나란히 통학로를 걷고 있었다.

그리고 시스티나와 평범한 대화를 나누며 한편으로는 멍하니 다른 생각을 했다.

조금 전에 떠올랐기 때문일까.

그녀의 머릿속을 차지한 것은 역시 3년 전에 만났던 그 사람의 모습이었다.

당장에라도 부러질 것 같지만 누군가를 위해 필사적으로 싸우던 그 모습을.

'……아 3년간, 역시 그 사람은 만날 수 없었어.'

그야 당연했다.

그와 자신은 사는 세계가 달랐으니까.

자신들이 당연하게 누리는 이 따스한 양지의 세계를 지키기 위해 지금도 그는 음지의 세계에서 몸 바쳐 싸우고 있을 테니까.

그러니 자신들의 길이 교차하게 될 일은 아마 앞으로도 없으리라.

'하지만 그래서 더…… 역시 만나고 싶어.'

아직 감사의 말을 전하지 못했다.

마술에 절망하고, 마술을 싫어하게 됐으면서도 필사적으로 싸웠던 그 사람.

그가 걸어온 길이 얼마나 숭고하고, 얼마나 큰 의미가 있었는지를 전하고 싶었다.

당신 덕분에 난 행복해질 수 있었다고.

그러니 당신이 싫어하게 된 마술을 이젠 조금이나마 용서하길 바란다고.

'그 사람 덕분에 지금의 내가 존재하는 거야. 그 사람이 싫어하는 마술을 써서 필사적으로 싸워준 덕분에 내가 이렇게 살아있는 거고. 그러니 그 은혜를 갚아야 해. 그 사람이 진심으로 좋아했던 마술을 다시 조금이나마 받아들일 수 있도록…… 상냥한 세상이 될 수 있도록…… 내가 힘내야 해.'

자신들이 사는 양지의 세계.

그 사람이 사는 음지의 세계.

마술이 사람을 상처 입히지 않는 그런 상냥한 세계가 만약 실현된다면.

나와 그 사람을 가로막는 경계선은 사라질 것이다.

그것은 아마 진정한 의미에서 마술이 인간의 힘이 된 세상일 것이다.

그 방법은 아직 모르겠지만, 지금은 조금이라도 더 마술을 자세히 알기 위해 공부하는 수밖에 없지만, 만약 그런 날이 온다면. 그렇게 된다면…….

'……다시 그 사람과 만날 수 있을지도 몰라. 그때 그 사람에게 말 못했던 감사의 말을 전하게 될 날이 올지도 몰라. 그러니…….'

그런 생각을 하던 루미아는 문득 쓴웃음이 나왔다.

'아하하, 난 로맨티스트였구나…….'

왠지 혼자서 들떠 있는 게 갑자기 부끄러워졌다.

'그 사람은 무사할까? 지금 어디서 무얼 하고 있는 걸까?'

물론 전혀 불안하지 않은 건 아니었다.

그런 생각이 들지 않은 날은 3년간 단 하루도 없었다.

아무튼 그 사람은 위험한 음지의 세계에서 싸우는 사람이었으니까.

어쩌면 지금쯤 아무도 모르는 어딘가에서…….

'……약해지면 안 돼.'

루미아는 불길한 상상을 떨쳐내고 힘차게 고개를 끄덕였다.

'그 사람은 절대로 지지 않아. 나도 지지 않을 거고. …… 그런데 내가 혼자 풀 죽어 있으면 날 목숨 걸고 구해준 그 사람을 볼 면목이 없잖아? 응. 오늘 하루도 힘내자!'

속으로 약해질 뻔한 마음을 채찍질한 루미아는 옆에서 최근 담임 강사가 그만둬서 우울해하는 시스티나에게 그런 속마음을 얼버무리려는 듯 화제를 돌렸다.

"아, 그러고 보니 시스티. 이건 다른 이야기인데, 오늘 대신할 사람이 계약직 강사로 온다는 모양이던데?"

"……나도 알아."

시스티나는 진심으로 관심 없는 듯 대답했다.

"하다못해 휴이 선생님의 절반이라도 따라갈 수 있으면 좋을 텐데."

"그건 그래. 휴이 선생님의 수업에 익숙해지면 다른 강사분의 수업으로는 부족한 기분이 드니까."

그런 식으로 둘이 대화를 나눈 순간.

"우오오오오오오오?! 지각, 지가아아아아아아아악?!"

눈에 핏줄이 선 아수라 같은 표정으로 입에 빵을 물고 있는 수상하기 짝이 없는 남자가, 오른쪽 통로에서 두 사람을 향해 맹렬하게 달려들었다.

"……어?"

그쪽을 돌아본 루미아는 눈을 크게 떴다.

그 표정이 삽시간에 경악으로 물들었다.

'거, 거짓말. 저 사람은……'

아니, 틀림없었다.

아침 해의 역광 때문에 조금 잘 안 보이지만, 저 얼굴은.

이쪽으로 돌진해오는 그리운 저 사람은.

"위, 《위대한 바람이여》!"

충돌하기 직전에 시스티나가 영창한 주문이 남자를 하늘로 날려버렸다.

"어~?! 나 지금 하늘을 날고 있잖아~?!"

한심한 목소리로 비명을 지르며 하늘 높이 날아가는 남자.

그런 콩트 같은 광경을 올려다본 루미아는 그리운 눈으로 따스하게 미소 지었다.

그리고 누구에게도 들리지 않게 작은 목소리로 중얼거렸다.

"……다시…… 만났네요."

첨벙~!

하지만 그 목소리는 남자가 분수대에 빠지는 성대한 소리에 지워지고 말았다.

이렇게 해서 한 번 멀어졌던 길이 다시 교차하고, 어느 변변찮은 마술강사와 이능력을 지닌 마음 착한 여학생의 새로운 이야기가 막을 올렸다.

안녕하세요, 히츠지 타로입니다.

이번에는 단편집 『변변찮은 마술강사와 추상일지^{메모리 레코드}』 8권이 발매되었습니다.

8권이라…… 이젠 거의 장편 타이틀급 분량이네요.

여기까지 이어진 것도 편집자님 및 출판 관계자 여러분. 그리고 본편 『금기교전』을 지지해주신 독자 여러분 덕분입니다! 정말 늘 감사합니다!

그리고 여전히 단편집은 바보 같고 일상적인 전개가 가득합니다. 역시 웃음이 있고, 눈물이 있고, 열혈이 있는 게 『금기교전』이라고 생각하니 본편과 단편을 포함해서 더 많은 분들이 즐겨주셨으면 좋겠습니다.

그럼 이번 각 단편 해설을 주절주절 늘어놓겠습니다~!

○만약 언젠가의 결혼 생활

루미아가 주연인 이야기네요. 끝까지 달달한 전개입니다.

아시다시피 전 열혈 전개나 배틀 쪽이 특기라 이런 달달한 이야기를 쓰면 몸이 근질거립니다만, 설탕을 토하면서 분발했습니다!

덕분에 충치가 생길 것 같아요! 도와주세요!

참고로 루미아의 연애에 대한 적극성이 본편 1~10권에 비해 크게 변화한 건 이런 이유에서였습니다.

다들 다양한 경험을 거쳐서 조금씩 성장해가며 변하는 거죠. 흑흑.

○버섯 채집 묵시록

단편에서는 좀처럼 보기 드문 글렌 선생과 하뭐시기 선배의 이야기.

새삼스럽지만 글렌과 하뭐시기 선배는 완전 정반대 타입의 마술사란 말이죠. 그래서 표면상으로는 상성 최악이라늘 으르렁대지만, 막상 협력할 때는 서로에게 부족한 점을 보완하는 굉장한 상승작용을 이루어냅니다.

다만, 진심으로 서로를 부정한다면 절대로 협력할 일이 없을 테니 이러니저러니 해도 이 둘은 사실 서로의 힘을 인정하고 있을 겁니다.

그건 그렇고 이 선배 강사의 이름이 생각나질 않아! 어째서?!

○너에게 바치는 이야기

시스티나가 주역인 이야기.

사실 시스티나가 취미로 소설을 쓴다는 설정은 특전용 단편 소설이나 드래곤 매거진 특집기사에는 실려도 본편이나 단편에는 지금까지 거의 반영되지 않았습니다만, 이번 기회에 드디어 다뤄봤습니다.

다만, 이 이야기 속에선 시스티나의 재능 없음을 웃기게 묘사했습니다만, 이건 그대로 저 자신에게도 대미지가 들어오는 양날의 검이란 말이죠. 그야 뭐, 저도 소설을 처음 쓰기 시작했을 때는…… 쿨럭!(각혈)

참고로 제가 처음으로 판타지아 대상에 투고한 작품의 평가시트는…… 으아아아아아아아아아아아아아아아아!(찌익!찌익!쫘악!쫘악!)

○마도탐정 로잘리의 사건부·허영편

의외로 끈질기게 이어지는 마도탐정 로잘리 시리즈.

이 단발성 캐릭터가 여기까지 끌려온 건 저도 예상 외였습니다. 로잘리는 무능 오브 더 무능이지만, 작가로서는 다루기 즐겁단 말이죠~.

왠지 그녀가 얽히면서 시스티나와 리엘을 포함한 주위의 인물들이 죄다 무능한 허당 캐릭터로 변하는 걸 보면 로잘리는 이런 무능함을 전파하는 특이점 같은 캐릭터인 거겠죠.

변함없이 운밖에 없는 여자. 그녀의 기적은 대체 어디까지 이어질 것인가!

○다시 만날 그날까지

이번 특별 단편.

드디어 이 이야기를 써버렸군요. 본편 1권의 전일담. 이 시리즈의 시작이라고도 할 수 있는 3년 전 글렌과 루미아의 만남을 그린 이야기입니다.

이 이야기를 읽고 나서 다시 1권 첫 부분을 보면 무척 감회가 깊네요. 아아, 얘가 이때 이런 생각을 했구나, 하는 식으로 별 특색 없었던 장면이나 대화를 또 다른 시점에서 읽으실 수 있을 겁니다. 전 이런 게 참 좋단 말이죠.

그건 그렇고 이렇게 글렌의 특무분실 시절 활약을 묘사할 때마다 느끼는 건…… 역시 글렌은 강해! 이야기의 전개상 어쩔 수 없다고는 해도 이번엔 진짜 터무니없는 짓을 저질렀단 말이죠.(웃음) 최약의 삼류 잔챙이라는 설정은 대체 어디로~.(웃음)

뭐, 이번에는 여기까지겠네요.

나머진 공지사항입니다만, 제 신작 『옛 원칙의 마법기사』 1권이 드디어 발매됐습니다! 판매량이 호조였던 덕분에 기쁘게도 벌써 만화화가 정해졌습니다! 만약 『금기교전』 팬 중에 아직 읽은 적이 없는 분이 계시다면 이 기회에 꼭 『옛 원칙의 마법 기사』를 읽어주세요! 분명 마음에 드실 겁니다!

그밖에도 게임 『판타지아 리빌드』에서는 『금기교전』도 참전. 게임 캐릭터로 움직이는 글렌 일행을 볼 수 있고, 제가 쓴 뜨거운 스토리도 즐기실 수 있으니 이쪽도 잘 부탁드립니다.

게다가 또 『금기교전』 화집 발매도 결정됐습니다! 이쪽은 나중에 다시 정보를 올릴 테니 팬 여러분은 즐겁게 기다려주시길!

계속해서 여러 방면으로 전개되는 『금기교전』 월드. 독자 여러분의 지지 덕분에 여기까지 해낼 수 있었습니다.

부디 앞으로도 『금기교전』을 잘 부탁드립니다! 저도 전력을 다해 분발하겠습니다!

근황 및 생존 보고 등은 twitter에서 하고 있으니 응원 메시지 등을 남겨주신다면 기뻐서 더 힘이 날 것 같습니다. 유저명은 『@Taro_hituji』입니다.

그럼 이만!

히츠지 타로

■역자 후기

  히로인들이 요망했던 금기교전 시리즈의 여덟 번째 단편집, 재미있게 읽어주셨나요?

  본편에서는 왠지 모르게 스포트라이트가 좀 줄어든 게 아닐까 싶었던 루미아가 특히 대활약한 것 같아 개인적으로는 매우 만족했습니다. 특히 이번 과거편은 1권으로 이어지는 내용이라 그런지 굉장히 감회가 깊네요. 왜 루미아가 그토록 글렌에게 헌신적인지 알 수 있었던 이야기였습니다. 사실 단편집은 본편에 비해 꽤 앞쪽 시간대를 다루고 있어선지 그동안은 이런 연애적인 노선보다는 개그에 좀 더 치중됐던 인상이었습니다만, 이쪽도 벌써 8권쯤 오니 히로인들도 서서히 본인들의 마음을 자각하고 있는 중이라 앞으로는 이런 러브 코미디(?)스러운 이야기도 슬슬 많아지지 않을까 기대가 되네요.

  본편은 계속 시리어스 노선입니다만, 아무쪼록 이 단편집이 기분을 환기하는 기회가 됐기를 바라며 이만 짧은 후기를 마치겠습니다.

Memory records of bastard
magic instructor

변변찮은 마술강사와 추상일지 8

초판 1쇄 발행 2022년 2월 10일

지은이_ Taro Hitsuji
일러스트_ Kurone Mishima
옮긴이_ 최승원

발행인_ 신현호
편집장_ 김승신
편집진행_ 권세라 · 최혁수 · 김경민 · 최정민
편집디자인_ 양우연
관리 · 영업_ 김민원

펴낸곳_ (주)디앤씨미디어
등록_ 2002년 4월 25일 제20-260호
주소_ 서울시 구로구 디지털로 26길 111 JnK디지털타워 503호
전화_ 02-333-2513(대표)
팩시밀리_ 02-333-2514
이메일_ lnovellove@naver.com
ㄴ노벨 공식 카페_ http://cafe.naver.com/lnovel11

ROKUDENASHI MAJUTSUKOSHI TO MEMORY RECORDS Vol.8
ⓒTaro Hitsuji, Kurone Mishima 2021
First published in Japan in 2021 by KADOKAWA CORPORATION, Tokyo.
Korean translation rights arranged with KADOKAWA CORPORATION, Tokyo..

ISBN 979-11-278-6335-7 04830
ISBN 979-11-278-4161-4 (세트)

값 7,800원

드라큘라 야근! 1~2권

와가하라 사토시 지음 | 아리사카 아코 일러스트 | 박경용 옮김

태양의 빛을 쬐면 재가 되어버리는 존재, 흡혈귀.
밤에만 활동할 수 있는 그들이지만, 현대에는 생각보다 문제없이 생활하고 있었다.
그렇다. 왜냐하면 "야근"으로 일할 수 있으니까─.
토라키 유라는 현대에 살아가는 흡혈귀.
일하는 곳은 이케부쿠로의 편의점(야근 한정),
주거지는 일조권이 최악인 반지하(차광 커튼 필수).
인간으로 돌아가기 위해서, 바르고 떳떳한 사회생활을 보내고 있다.
그런데 어느 날 주정뱅이에게서 금발 미소녀를 구했더니,
놀랍게도 그녀는 흡혈귀 퇴치를 생업으로 하는 수녀 아이리스였다!
게다가 천적인 그녀가 그의 집으로 굴러들어오게 되는데─?!
토라키의 평온한 흡혈귀 생활은 대체 어찌 되는가?!

**『알바 뛰는 마왕님!』의 와가하라 사토시가
선물하는 드라큘라 일상 판타지!**

녹을 먹는 비스코 1~4권

코부쿠보 신지 지음 | 아카기시K 일러스트 | mocha 세계관 일러스트 | 이경인 옮김

모든 것을 녹슬게 만들며 인류를 죽음의 위협에 빠뜨리는 《녹바람》 속을 달리는
질풍무뢰의 『버섯지기』 아카보시 비스코.
그는 스승을 구하기 위해
영약이라 전해지는 버섯, 《녹식》을 찾아 여행하고 있다.
미모의 소년 의사, 미로를 파트너 삼아 파란만장한 모험에 나서는 비스코.
가는 길에 펼쳐지는 사이타마 철(鐵)사막,
문명을 멸망시킨 방어 병기 유적으로 지은 도시,
대왕문어가 둥지를 튼 지하철 폐선로……
가혹한 여정 속에서 차례차례 덮쳐오는 위협을
미로의 번뜩이는 지혜와 비스코의 필중의 버섯 화살이 꿰뚫는다!
그러나 그 앞에는 사악한 현지사의 간계가 도사리고 있는데……?!

최강의 버섯지기가 자아내는 노도의 모험담!

현자의 손자 1~10권

요시오카 츠요시 지음 | 키쿠치 세이지 일러스트 | 최승원 옮김

사고로 죽었을 청년이 갓난아기의 모습으로 이세계에서 환생!
구국의 영웅「현자」멀린 월포드에게 거둬진 그는 신이라는 이름을 받는다.
손자로서 멀린의 기술을 흡수해가며 놀라운 힘을 얻게 된 신이었지만,
그가 열다섯 살이 되자 할아버지는 이렇게 말했다.
"상식을 가르치는 걸 깜빡했구만!"
이런 이유로 신은 상식과 친구를 얻기 위해
알스하이드 고등 마법학원에 입학하게 되는데—.

「규격 외」 소년의 파격적인 이세계 판타지 라이프, 여기서 개막!

© Matsuura, keepout 2020
KADOKAWA CORPORATION

아빠는 영웅, 엄마는 정령, 딸인 나는 전생자. 1~5권

마츠우라 지음 | keepout 일러스트 | 이신 옮김

연구직에 몰두하던 전생(前生)을 거쳐 전생(轉生)했더니
원소의 정령이 되어 있었습니다.
아버지는 전 영웅이고 어머니는 정령의 왕.
저 또한 치트 능력을 받았습니다…….
아버지와 어머니, 그리고 정령들에게 사랑을 듬뿍 받으며
쑥쑥(본의 아니게 겉모습만 빼고!) 자라던 어느 날,
아버지와 함께 방문한 인간계에서 어쩌다 보니 임금님의 주목을 받게 되고,
그 탓에 가족이 위기에……?
"확실히 부숴버릴 테니 각오해 주세요."

**정령 엘렌, 전생의 지식과 정령의 힘을 구사하여
소중한 가족을 지키겠습니다!**

라이트노벨의 새로운 빛! L노벨의 신간은 매월 10일에 발매됩니다. http://cafe.naver.com/lnovel11